Adelbert von Chamisso

Peter Schlemihls

wundersame Geschichte

페터 슐레밀의 기이한 이야기

초판 1쇄 발행 2011년 9월 12일
　　2쇄 발행 2020년 1월 17일

지은이 | 아델베르트 폰 샤미소
옮긴이 | 박광자
발행인 | 신현부

발행처 | 부북스
주소 | 04613 서울시 중구 다산로29길 52-15(신당동), 301호
전화 | 02-2235-6041
팩스 | 02-2253-6042
이메일 | boobooks@naver.com
ISBN 978-89-93785-26-5 04080

부클래식

017

———

페터 슐레밀의 기이한 이야기

페터 슐레밀의 기이한 이야기

박광자 옮김

부북스

차례

일러두기

1. 이 책의 텍스트는 Adelbert von Chamisso: Sämtliche Werke in zwei Bänden. Hrsg. von Werner Freudel/ Christel Laufer. Leipzig 1980. S. 15–79입니다.
2. 이 역서의 삽화는 최초의 영어 본에 실렸던 George Cruikshank의 작품입니다.

아델베르트 폰 샤미소가
율리우스 에두아르트 히치히[1]에게

자네는 사람을 잘 기억하니까 전에 우리 집에서 두어 번 본 적이 있는 페터 슐레밀[2]이란 사람을 아직도 기억할거야. 다리가 긴 사람인데 서투르기 때문에 어리석어 보이고, 느리기 때문에 게을러 보이는 사람이었지. 나는 그를 좋아했어. 에두아르트, 자네는 '녹색 시절'[3]에 그 사람이 우리의 소네트를 들으러 왔던 일을 잊지 않았을 거야. 내가 시 모임에 데리고 간 적이 있었는데, 그는 낭독이 시작될 때까지 기다리지 못하고 내가 시를 쓰는 동안에 잠이 들고 말았지.

---

1 Julius Eduard Hitzig (1780-1849): 젊은 시절에 〈북극성모임〉 이라는 문학 서클을 만들었고 에두아르트라는 필명으로 시를 발표했다. 1808년에는 출판사를 설립, 신문을 발행했으나 1811년에 폐간, 그 이후 프로이센의 정부에서 일했다. 《페터 슐레밀의 기이한 이야기》는 1814년에 푸케가 발행한 초판이 나온 후 1827년에 제2판, 1834년에 제3판이 출간되었는데, 이 첫 번째 편지는 초판에 첨가된 편지이다.

2 이 이름에 관해서 작가는 미욱하고 운수가 나빠 실패를 거듭하는 유대인을 상기시키는 이름이라고 말하고 있다.

3 이른바 《녹색 문예 연감》 잡지를 출간하던 시절을 의미한다.

자네가 당시에 그에 대해 했던 농담을 나는 아직도 기억하네. 장소와 시간은 정확히 기억나지 않지만 그가 항상 입고 다니는 낡고 검은 쿠르트카[4]를 보고 자네는 이렇게 말했어. "저 사람의 목숨이 입고 있는 쿠르트카의 반만큼만 길어도 복 받은 거야!"[5] 자네들은 그를 별로 인정하지 않았지만 나는 그를 좋아했어. 오랫동안 얼굴을 보지 못하던 그 슐레밀한테서 노트가 왔는데, 나는 지금 그것을 자네한테 전하려 하네. 에두아르트, 마음을 털어놓을 수 있는 내 절친한 친구이자 어떤 비밀도 털어 놓지 않을 수 없는 내 분신인 자네한테 말일세. 그리고 이 노트를 자네와 더불어 내 영혼에 뿌리내리고 있는 우리들의 푸케[6]한테도 전할 생각이네. 푸케를 시인이 아니라 친구로 생각하면서 말일세. 성실한 친구가 우정과 정직함을 믿고 내 가슴에 안겨 준 이 참회록은 시인들의 세계에서 무시당하거나 형편 없는 장난스런 글로 부당하게 취급당할 수도 있는데, 그런 일이 얼마나 마음 불편한 일인지 자네들이 알아주었으면 하네. 그런데 이 글은 절대로 그런 글이 아니고 그럴 수도 없어. 능란한 사람의 손으로 재미있게 서술되지 못했고 순박한 사람의 필치로 재미없게 쓰였

---

4 원래는 폴란드에서 애용되던 군복 비슷한 재킷으로, 학창시절에 샤미소가 즐겨 입었었다고 한다.

5 외투가 많이 낡았다는 의미임.

6 Friedrich de la Motte Fouqué (1777-1843) 위그노 혈통의 작가로 《운디네》가 알려져 있다.

다는 것이 이 글의 약점인 것은 나도 인정해. 아마 장 파울[7]이라면 다르게 썼을 거야. 그런데 친구, 이 이야기에는 아직 생존하는 인물들이 언급되고 있으니 그 점도 유념해주었으면 좋겠네.

이 노트가 어떻게 내 손에 들어오게 되었는지 한마디만 하겠네. 어제 아침에 일어났을 때 이것을 받았다네. 희고 긴 수염에다, 낡고 검은 쿠르트카를 입고서 식물채집통을 멘 낯선 남자가, 비가 오락가락하는 습한 날씨인데도 장화 위에 덧신을 신고 있었는데 나에 관해 묻더니 이것을 나한테 남기고 갔다고 하네. 그는 베를린에서 왔다고 말했다고 하네.

쿠네스도르프에서
1813년 9월 27일
아델베르트 폰 샤미소

추신. 천부적인 재능을 가진 레오폴트[8]가 이 모습을 창가에서 지켜보다가 그 기이한 인물을 스케치했는데 그것을 동봉하네. 그의 스케치를 칭찬했더니 이 그림을 나한테 선사했어.

---

7 Jean Paul Friedrich Richter (1763-1825) 특이한 이야기를 즐겨 쓴 작가로 《지벤케스》 등이 알려져 있다.
8 Franz Joseph Leopold (1783-1832) 1813년 출간된 《페터 슐레밀의 기이한 이야기》의 첫판 표지에 슐레밀의 이미지를 그렸다.

푸케가
동일인에게

친구, 우리는 불쌍한 슐레밀의 이야기를 아직 읽지 않은 사람들의 눈으로부터 지킬 수 있도록 잘 보호해야 해. 그런데 그것은 힘든 일이야. 눈이 너무 많은데다가 글을 지키는 일은 말을 지키는 것보다도 훨씬 더 힘든 일이니, 과연 어떤 인간이 이 원고의 운명을 결정할 수 있단 말인가. 금방이라도 절벽 아래로 떨어질 사람처럼 두려움에 떨면서 나는 지금 이 이야기 전부를 인쇄에 넘겼다네.

하지만 에두아르트, 내 행동에는 진지하고도 그럴만한 이유가 있어. 착각인지는 몰라도, 우리가 사랑하는 독일에는 이 불쌍한 슐레밀의 이야기를 이해해 줄만한 따뜻한 마음을 가진 사람들이 많고, 그들에게 이것은 소중한 이야기가 될 것 같아. 순박한 우리 독일인들의 얼굴에는 한편으로는 슐레밀에게 일어난 삶의 쓰디쓴 장난에 대해서, 다른 한편으로는 자신들이 저지른 철없는 장난에 대해서 감동적인 미소를 짓게 될 것이네. 에두아르트, 진솔한 이 책을 자네가 읽게되면, 그리고 비슷한 마음을 가진 미지의 사람들이 이 책을 읽으면서 우리와 더불어 이 책을 사랑할 생각을 하게 되면, 뜨거운 상처에 치유의 약방울이 떨어지는 느낌을 자네는 받을 것일세. 자네와 자네를 사랑하는 모든 이들에게 죽음[9]이 가져다준 그 상처 말일세.

끝으로 많은 경험을 통해서 나는 인쇄된 책에는 수호신 같은 것이 깃들어 있어서 책을 올바른 손에 인도하고, 항상 그렇지는 않아도 대체로 그 책이 올바르지 않은 손에는 닿지 않도록 한다는 것을 확신하고 있네. 수호신은 어떤 경우에도 순수한 정신적, 감정적인 모든 일에는 보이지 않는 자물쇠를 달아놓고 실수 없이 그것을 능숙하게 열고 닫을 줄 아시네.

사랑하는 슐레밀, 나는 그대의 미소와 눈물을 이 수호신에 맡기네, 신의 가호가 있기를!

넨하우젠에서
1814년 5월 31일
푸케

---

9 1814년 5월22일에 히치히의 아내가 세상을 떠났다.

히치히가
푸케에게

우리끼리만 알고 비밀로 간직해야할 슐레밀의 이야기를 자네가 출간하기로 필사적으로 결정한 후, 프랑스인, 영국인, 홀란드인, 스페인인들이 그들의 언어로 이 이야기를 번역하고 미국인들까지 영국인들의 책을 그대로 인쇄하게 되었네. 이 일의 전모를 내가 발행하는 잡지 《베를린의 지식인》[10]에다 밝힌 바 있지. 그런데 이젠 독일에서도 새로운 판본이 출간되고, 그 판본에는 유명한 크루섕크[11]가 주인공의 삶의 자취를 그린 삽화가 들어가 이번의 책은 전의 것보다 훨씬 더 많은 사람들 사이에서 읽히게 되었네. 자네가 1814년에 독자적으로 결행한 이 일에 대해 자네는 그 원고의 출판에 대해 한마디도 하지 않았어. 그리고 1815년에서 1818년에 걸쳐 돛단배로 세계 일주 여행 중인 우리의 친구 샤미소가 칠레, 캄차카, 혹은

10　히치히가 출간한《1825년 베를린의 지식인》을 말한다.

11　George Cruikshank는 1823년에 출간된 최초의 영어본《페터 슐레밀의 기이한 이야기》에 8개의 동판화를 그렸다.

오하후[12]에서 친한 친구 카메하메하[13]에게 그 일을 원망한 것만으로는 자네가 충분히 벌을 받았다고 생각하지 않기 때문에, 이 일에 관해 자네에게 공개적인 해명을 촉구하는 바이네.

하지만 이 점만 제외하면 물은 이미 엎질러진 것이고, 이 책이 세상의 빛을 본 후 13년이란 소중한 세월이 흐르는 동안 많은 독서 애호가들이 이 작품을 우리와 더불어 사랑하게 된 것은 분명 자네 덕이야. 내가 처음으로 그 책을 호프만[14]에게 읽어주던 시간을 나는 결코 잊을 수 없어. 긴장과 만족감에 안절부절못하면서 그는 내 입술만 바라보았지. 저자를 만나게 되리라고는 상상도 못한 채 원래 다른 사람의 작품을 모방하는 것을 싫어하는 호프만이지만 잃어버린 그림자에 관한 소재를 활용하여 그의 작품 《섣달 그믐날 밤의 모험》에서 에라스무스 스피커가 거울 속에서 모습이 사라지게 하는 불행한 이야기를 만들었지. 그래, 우리들의 이 기이한 이야기는 특히 아이들 사이에서 획기적인 것으로 받아들여졌는데, 언젠가 훤한 겨울 저녁에 내가 이 이야기의 저자와 함께 부르크 가[15]를 걸어가

---

12 하와이 열도의 섬 중에서 가장 큰 섬.

13 Tameiamia: Kamehameha (1781-1819) 하와이 샌드위치 섬의 통치자. 샌드위치 섬이란 이름은 제임스 쿡 선장이 항해의 후원자였던 샌드위치 백작 (Earl of Sandwich)을 기리기 위해서 부친 것으로 알려져 있다.

14 Ernst Theodor Hoffmann (1776-1822) 낭만주의시대의 작가로 샤미소는 1807년에 히치히를 통해서 그를 알게 되었다.

15 Burgstrasse 베를린의 슈프레 강가에 있는 거리 이름.

고 있을 때, 썰매를 타면서 그를 보고 놀려대는 아이를 샤미소가 자네도 잘 알고 있는 그의 곰 모피 코트 아래에다 붙잡아서 끌고 갔어. 길바닥에 내려놓을 때까지 아이는 꼼작도 못하더군. 그런데 어느 정도 멀어져서 이제 아무 일도 없을 것처럼 보이자 걸어가던 아이가 갑자기 큰 소리로 폭행자[16]를 향해서 소리를 쳤어. "페터 슐레밀, 어디 두고 보자"라고 말일세.[17]

내 생각에는 우리의 성실한 기인이 1814년에 멋없는 쿠르드카를 입은 걸 보지 못한 많은 사람들이 이제 말쑥한 새 옷으로 갈아입은 그를 보고 기뻐할 것 같네.[18] 지금의 독자이든 옛날 독자이든 놀랄 일이 또 있는데, 식물을 채집하면서 세계를 향해하며 한때 프로이센 제국에서 높은 보수를 받던 장교이자 저 유명한 페터 슐레밀의 편찬자가 다른 한편으로는 시인이라는 사실을 알게 되면 사람들은 정말 놀랄 것일세. 비록 말레이나 리투아니아 풍의 멜로디에 음을 맞추고 있지만 그가 오른쪽에 시인의 심장을 지니고 있다는 사실을 사람들이 알게 되면 말일세.

친애하는 푸케, 마지막으로 나는 자네가 책의 초판을 출간했다

16 아이에게 심하게 장난을 한 샤미소를 가리킨다.

17 샤미소가 슐레밀과 동일인으로 혼동될 정도로 샤미소의 《페터 슐레밀의 기이한 이야기》의 인기가 높았다는 것을 말해준다.

18 소박한 초판본에 이어 화려해진 제2판이 인기리에 출간된 것을 의미한다.

는 사실에 감사하네. 그리고 우리의 친구들과 더불어 이번 제2판에
보내는 나의 축하를 받아주게.

1827년 1월

베를린에서

에두아르트 히치히

나의 옛 친구
페터 슐레밀에게

세월이 오래 흐른 후 다시 내 손에
자네가 쓴 글이 들어왔네. 놀라운 일이지.
우리가 이 세상이라는 학교에서 처음 만나
친구가 된 그 시절을 회상해 본다네.
나는 백발의 노인이 되었고
이제 쓸데없는 수치심은 극복했기에
자네를 전처럼 내 친구로 부르려하네.
온 세상에다 내가 자네의 친구라고 말하려네.

가련하고 가련한 내 친구여. 나한테는 그 교활한 자가
자네에게 한 것 같은 못된 짓을 하지 않았어.
애쓰면서 허공에다 손을 휘저어 보았지만
결국 나는 이렇다 하게 이룬 것이 별로 없다네.
하지만 적어도 이 늙은이한테는 그림자가 단단히
붙어 있으니 그건 마음껏 자랑을 하고 싶으이.

타고난 그림자를 나는 가지고 있고

한 번도 그림자를 잃어버린 적이 없다네.

약점 때문에 사람들이 자네한테 퍼부은 그 비방이

아이처럼 죄 없는 나에게도 쏟아졌지.

혹시 우리가 서로 닮은 것 같지 않나?

나한테 사람들은 소리쳤네, 슐레밀, 네 그림자 어디 있지?

그림자를 보여주어도 못 본 체하면서

사람은 마구 웃어대기만 했어.

어쩌겠는가. 참는 수밖에 없지.

그래도 나는 괜찮아, 죄가 없으니까.

그림자가 도대체 무엇인가! 그것이 없는 사람을

심술궂은 이 세상이 그렇게 배척해야 할 정도로

그림자가 그렇게 귀한 평가를 받을 만한 것인지

묻는 사람들도 있지만 나 또한 그것이 알고 싶네.

우리들에게 지혜를 주며 밝아오는

1만9천의 날[19]이 지나면 절로 사라지는 것 아닌가.

우리가 그림자에게 본질을 빌려주고는

이제 본질을 그림자와 혼동하고 있어.

---

19 사람의 일생을 1만9천일 정도로 생각한 것 같다. 생이 다하면 그림자도
소멸한다는 의미이다.

슐레밀, 지난 일은 잊어버리고
힘차게 전진할 것을 우리 맹세하세.
이 세상이 어떻게 생각하든 내버려두세.
그럴수록 우리는 자신감을 가져야 해.
우리는 거의 목적지에 도달했어.
남들이 웃든지 비난을 하든지
온갖 파도를 넘으면 우리는 항구에 도달해서
아무 방해도 받지 않고 편안히 잠들 수 있다네.

베를린에서
1834년 8월
아델베르트 폰 샤미소

1장

운이 좋았지만, 나한테는 무척 고생스러웠던 항해를 마치고 드디어 항구에 도착했습니다. 보트가 육지에 닿자마자 나는 자그마한 보따리를 짊어지고 북적대는 사람들 사이를 헤치고 가까운 곳에 위치한, 간판을 내건 조출한 여인숙으로 들어갔습니다. 방을 부탁하자 하인이 나를 훑어보더니 다락방으로 안내했습니다. 시원한 물을 한 잔 부탁한 뒤 나는 토마스 존 씨를 어디에 가면 만날 수 있는지 자세히 알려 달라고 물었습니다. "북문 밖에서 오른쪽으로 첫 번째 별장입니다. 새로 지은 저택인데, 붉은색과 흰색 대리석 기둥이 많은 저택입니다." 됐구나. 시간은 아직 일렀지만 나는 당장에 짐을 풀고 안팎을 뒤집어서 새로 만든 검정 양복을 꺼냈습니다. 제일 좋은 옷으로 말쑥하게 갈아입고 주머니에다 소개장을 넣은 뒤 소박한 내 기대를 들어줄 그 사람을 만나러 길을 나섰습니다.

긴 노르더 가를 걸어 올라가 성문에 도달하자 곧 들판 너머로 희미하게 반짝이는 기둥이 보였습니다. 여기로구나, 라고 나는 생각했지요. 구두에 묻은 먼지를 손수건으로 털어내고 스카프를 바로 한 뒤에 나는 신의 가호를 빌면서 초인종을 당겼습니다. 문이 활짝 열렸습니다. 현관에서 잠시 제지당했지만 문지기는 나의 방문을 주인에게 알렸습니다. 다행히 나는 곧 정원으로 들어갈 수 있었습니다. 그곳에는 존 씨가 몇몇 사람들과 야외 파티 중이었습니다. 당당하고 자신감이 넘쳐흐르는 모습에서 나는 즉시 존 씨를 알아보았어요. 부자가 가난뱅이를 대하는 식으로 그는 나를 환영했고, 다른 사람들한테서 시선을 돌리지 않은 채 내 쪽으로 와서는 내 손에서 편지를 낚아챘습니다. "아하! 동생한테서 온 편지로군. 소식을 들은 지 꽤 오래되었는데, 내 동생은 건강하게 잘 지내지요? 저 곳에다……" 내 대답은 듣지도 않고 그는 편지로 언덕을 가리키면서 다른 사람들을 향해 말을 이었습니다. "저 너머에 새 건물을 건축 중입니다." 재산에 관한 이야기를 계속하면서 그가 편지를 뜯었어요. 존 씨가 말했습니다. "이런 말은 하기가 좀 그렇지만, 요즘 수중에 적어도 백만 정도도 없으면 건달이지요." "그럼요, 그렇습니다." 나는 복받치는 감정으로 맞장구를 쳤습니다. 내 말이 마음에 들었는지 그가 미소를 보내며 말했습니다. "잠시 여기 함께 계시지요, 친구, 내가 이 문제에 어떤 생각을 하는지 잠시 후면 이야기를 할 만한 시간이 날 겁니다." 편지를 가리키더니 그것을 안주머니에 넣고 그는 다시 파티에 참석한 사람들한테로 몸을 돌렸습니다. 그가 어떤 젊은 여자에게 팔을 내밀자 나머지 남자들도 다른 미녀들과 얼른 짝을 이루었습니다. 서로 어울리도록 정리가 되자 그들 모두는 장미가 만발한 언덕을 향해 우르르 몰려 걸어갔습니다.

아무에게도 폐를 끼치지 않으려고 나는 뒤에서 따라갔습니다. 내게 신경을 쓰는 사람은 없었습니다. 모두들 기분이 좋아서 장난과 농담이 오갔는데, 그들은 때때로 하찮은 일을 대단한 일처럼 이야기하고, 중요한 일을 하찮은 일처럼 이야기를 나누었습니다. 특히 지금 그 자리에 참석하지 않은 친구들과 그들의 일에 관해 멋대로 험담을 주고받았습니다. 낯선 사람인 나는 대부분을 알아들을 수 없었고, 너무 걱정되고 위축되어 그런 알 수 없는 일에 마음을 둘 여유가 없었습니다.

우리는 장미 숲에 도달했습니다. 그런데 그날의 여주인공으로 보이는 사랑스런 파니가 화사하게 핀 장미 가지를 손수 꺾으려다 가시에 찔리고 말았습니다. 진한 빛깔의 장미에서 흐르는 듯한 진홍색 피가 그녀의 사랑스런 손 위로 흘러내렸습니다. 모두들 동요하면서 반창고를 찾았죠. 그때 일행과 함께 걷고 있었는데 내 눈에 띄지 않았던 말없고 깡마르고 수척하고 길쭉한 어떤 나이 든 사람이 태피터[20] 천으로 만든 꽉 끼는 회

---

20 우리가 흔히 다후다라고 부르는 좀 뻣뻣한 천.

색빛 구식 상의 주머니에 손을 넣더니 작은 지갑을 꺼내서 열더니 공손히 허리를 굽히면서 찾던 물건을 숙녀에게 내밀었습니다. 그녀는 물건을 내준 사람한테 아무런 관심도, 감사의 말도 하지 않은 채 물건을 받았습니다. 상처를 싸매고 그들 모두는 다시 언덕으로 발걸음을 옮겨 언덕마루에서 녹색 정원의 미로가 끝없는 바다로 이어지는 경치를 즐길 생각이었습니다.

경치는 정말 장대하고 화려했습니다. 짙은 바다와 푸른 하늘 사이로 밝은 점이 수평선에 나타났습니다. "망원경을 가져오게!" 존 씨가 소리쳤어요. 하인들이 그의 명령에 움직이기도 전에 회색 옷을 입은 남자는 겸손하게 절을 하고 손을 상의 주머니 속에 넣어 멋진 돌런드 망원경[21]을 꺼내서 존 씨의 손에 건네주었습니다. 망원경을 눈에 대고 존 씨는 그것은 어제 출항한 배인데 역풍으로 배가 항구 쪽으로 다시 들어오고 있다고 주위 사람들에게 말했습니다. 이리저리 옮겨 가던 망원경은 원래 주인의 손에 돌아가지 못했습니다. 나는 회색 옷을 입은 남자를 감탄하면서 바라보았죠. 어떻게 그 커다란 망원경이 작은 주머니에서 나왔는지 알 수가 없었습니다. 그러나 그런 생각을 하는 사람은 아무도 없었고, 나 외에는 아무도 그 남자에 신경을 쓰지 않았습니다.

---

21 발명가 John Dollond (1706-61)의 이름을 딴 망원경.

간식이 나왔습니다. 세계 곳곳에서 온 귀한 과일들이 고급스런 그릇에 담겨 나왔습니다. 존 씨는 가벼운 예의를 표하면서 손님들에게 권했고, 내게 두 번째로 말을 건넸습니다. "드시지요. 항해 중에는 이런 음식을 구경하지 못했을 겁니다." 내가 허리를 굽혔지만 그는 쳐다보지 않고 이미 다른 사람과 말을 주고받는 중이었습니다.

땅이 젖지만 않았다면 넓은 경치와 마주한 언덕의 풀밭에 앉아 잠시 쉬고 싶을 정도였습니다. 그때 누군가가 터키산(産) 양탄자를 여기에 깔아놓으면 정말 멋있을 거라고 말했죠. 누군가 그런 소원을 말하자마자 회색 옷을 입은 남자는 주머니에 손을 넣더니 겸손하고 겸허한 몸짓으로 매우 귀해 보이는, 금실이 들어간 터키산 양탄자를 꺼냈습니다. 다른 하인들은 당연하다는 듯이 양탄자를 받아 원하는 장소에 깔았습니다. 파티에 참석한 사람들은 모두 자연스럽게 양탄자에 앉았죠. 나는 소스라치게 놀라 그 남자와 주머니, 그리고 양탄자를 쳐다보았습니다. 그 양탄자는 길이가 스무 걸음, 너비가 열 걸음 이상 되는 것이었습니다. 나는 믿을 수 없어서 눈을 비볐습니다. 더 이상한 것은 아무도 그것을 이상하게 생각지 않는 것이었습니다.

그 남자에 관해 알고 싶어서 그가 누군지 물어보고 싶었지만 나는 누구에게 물어보아야 할지 몰랐습니다. 하인들의 시중을 받고 있는 사람보다도 하인들이 더 무서웠기 때문이었습니다. 마침내 용기를 낸 나는 남들보다 별 볼 일 없어 보이는 젊은 남자에게 다가갔는데, 그는 종종 혼자 서 있던 사람이었습니다. 나는 그에게 회색 옷을 입은 이상한 사람이 누구인지 살며시 물어보았습니다. "저기 저 사람 말인가요? 실밥 끝처럼 생긴 사람 말입니까? 재단사의 바늘에서 떨어져 나온 실밥 말입니다." "예, 저기 혼자 서 있는 사람 말입니다." "나도 몰라요." 그는 나와 길게 이야기하는 것을 피하는 듯했고, 이내 몸을 돌리더니 다른 사람들과 하잘것없는 일에 관해 이야기를 나누었습니다.

태양이 더 강렬하게 내리쬐기 시작하자 여자들은 힘들어했습니다. 그런데 내가 알기로 지금껏 그에게 아무도 말을 건 사람이 없는데, 아름다운 파니가 회색 옷을 입은 남자에게 "혹시 텐트도 있어요?"라고 슬쩍 물었습니다. 그는 황송하기 이를 데 없다는 듯 공손하게 허리를 굽혀 대답을 대신했는데, 손은 이미 주머니에 들어가 있었습니다. 나는 그의 주머니에서 천막, 막대, 밧줄, 철제 부품 등 한마디로 멋진 야외용 텐트를 치는 데 필요한 온갖 물건이 나오는 것을 보았습니다. 젊은 사람들이 텐트 치는 일을 도왔는데, 텐트는 양탄자를 전부 덮을 정도였습니다. 그런데 아무도 그 일을 이상하게 여기지 않았습니다.

나는 무서워서 소름이 끼쳤습니다. 특히 다음번 소원이 이루어졌을 때는 더욱 그랬습니다. 그가 주머니에서 말 세 마리를, 안장과 장비를 갖춘 아름답고 커다란 승마용 검정 말 세 마리를 꺼내는 것을 보았을 때는 정말이지 너무도 두려웠습니다. 맙소사! 상상해 보십시오. 이미 손지갑, 망원경, 길이가 스무 걸음에 너비가 열 걸음 되는 대형 양탄자를 꺼냈고, 그 양탄자와 같은 크기의 천막과 거기에 필요한 막대며 철제 부품까지 꺼낸 그 주머니가 아닙니까! 내가 이 모든 것을 내 눈으로 보았다고 맹세하지 않는다면 아마 당신도 그것을 믿지 못할 겁니다. 그가 아무리 조신하고 공손하게 굴어도 사람들은 그에게 전혀 신경 쓰지 않았습니다. 하지만 나는 그의 창백한 외모에서 눈을 뗄 수가 없었고, 그 모습이 너무 으스스해서 더 이상 견딜 수가 없었습니다.

나는 일행에서 빠져 나오기로 결심했습니다. 나의 미약한 역할로 인해 거기서 빠져 나오는 일은 어렵지 않았습니다. 나는 일단 시내로 돌아가 다음날 아침에 다시 존 씨를 찾아가 부탁할 생각이었습니다. 그리고 용기가 있다면 그때 회색 옷을 입은 기이한 남자에 관해 존 씨에게 물어볼 작정이었습니다. 무사히 빠져 나왔더라면 얼마나 다행이었을까요!

나는 장미 숲을 지나 언덕 아래로 내려와 탁 트인 풀밭으로 살그머니 빠져 나올 수 있었습니다. 길에서 벗어나 풀밭을 지나면서 혹시 들키지 않을까 하는 걱정으로 주변을 살펴보았습니다. 그때 나는 회색 옷을 입은 남자가 바로 내 뒤를 쫓아오고 있는 것을 보고 정말 깜짝 놀랐습니다. 그는 즉시 내 앞에서 모자를 벗고 머리를 숙이면서 공손히 인사했습니다. 나는 지금까지 그렇게 공손한 인사를 받아본 적이 없었습니다. 분명 그는 내게 말을 건네고 싶어 했습니다. 예의상으로도 나는 그것을 피할 수가 없었습니다. 그래서 모자를 벗어 인사를 하고 모자를 벗은 채로 뻣뻣하게 햇볕 속에 서있었습니다. 두려운 마음으로 나는 그를 말없이 쳐다보았는데, 마치 뱀에 쫓긴 새가 넋을 놓고 있는 것 같았습니다. 그도 당황한 듯 보였어요. 시선을 들지 못하고 여러 번 머리를 숙이더니 마침내 다가와 불안한 목소리로 살며시 내게 말을 건넸는데, 마치 구걸하는 사람의 목소리와 흡사했습니다.

"모르는 분을 이렇게 따라왔으니 저의 무례함을 용서해주십시오. 한 가지 부탁이 있습니다. 제발 허락해주십시오." "맙소사, 왜 이러십니까!" 나는 불안한 마음으로 말했습니다. "나 같은 사람한테 무엇을······" 우리는 시선이 마주쳤는데 내 생각에는 둘 다 얼굴이 붉어진 것 같았습니다.

한순간 침묵이 흐른 후 그가 다시 말을 건넸습니다. "짧은 시간이지만 저는 행복한 마음으로 당신 곁에서 걸을 수 있었습니다. 이런 말씀 드려 죄송하지만, 그때 저는 당신의 아름다운, 정말이지 아름다운 그림자를 말 못할 정도로 경탄하면서 몇 번이나 바라볼 수 있었습니다. 느끼지 못하시겠지만 당신은 햇빛

가운데 품위 있고 당당하게 너무나 멋진 그림자를 발밑에 드리우고 계십니다. 주제넘은 생각이라면 용서해주시기 바랍니다. 혹시 그림자를 저에게 양도하실 의향은 없으십니까?"

그가 입을 다물었습니다. 나는 머릿속에서 마치 물레방아 바퀴가 돌아가는 기분이었습니다. 나한테서 그림자를 사고 싶다는 이 괴상한 제안에 뭐라고 답해야 하나? 그가 미친 게 틀림없다고 생각하고 나는 그의 공손한 태도에 어울리게 목소리를 바꾸어 대답했습니다.

"저런, 친구분, 당신은 자신의 그림자로 만족하지 못하시

는 것 같군요. 왜 그런 괴상한 거래를 제시하십니까?" 그가 즉시 대답했습니다. "저는 주머니에 많은 물건을 갖고 있습니다. 당신에게 결코 가치 없는 것이 아닐 겁니다. 하지만 아무리 높은 가격도 소중한 그림자에 비하면 하찮은 것이라고 생각합니다."

그 말에 나는 다시 소름이 끼쳤는데, 그 주머니가 생각난 때문이었습니다. 내가 어째서 그를 친구분이라고 불렀는지 알 수가 없었습니다. 다시 입을 열어 나는 극히 정중하게, 가능하면 이 일을 올바르게 매듭지으려고 했습니다. "하지만, 선생님, 이 형편없는 인간을 용서하십시오. 저는 선생님의 생각이 이해가 안 됩니다. 어떻게 그림자를……" 내 말을 가로막으면서 그가 말했다. "제가 이 자리에서 당신의 고귀한 그림자를 걷어내 주머니에 넣도록 선생께서 허락만 하시면 됩니다. 그게 전부입니다. 어떻게 하는지는 제 문제입니다. 그 대가로, 감사의 마음을 표하는 의미에서 이 주머니 안에 가지고 있는 여러 가지 물건 중에서 하나를 마음대로 선택할 수 있는 권한을 드리겠습니다. 여기에는 진짜 마법의 뿌리[22]와 만드라고라,[23] 요술 동전[24],

---

22 어떤 문이라도 열 수 있는 마법의 뿌리.

23 죽은 사람도 살릴 수 있을 정도의 마력을 가진 가지과 식물.

24 매번 뒤집을 때 마다 돈이 쏟아져 나오는 동전.

강도의 은화[25], 롤랑의 종복 식탁보[26], 병 속의 악한[27]이 있습니다. 아니, 그런 것은 선생님께는 하찮은 물건일지도 모릅니다. 더 좋은 물건이 있습니다. 포르투나투스[28]의 모자는 어떨까요. 새 것입니다. 쓰고 다닐 수 있도록 수선을 끝낸 것입니다. 아니면 계속 채워지는 행운의 자루는 어떨까요?" "포르투나투스의 복주머니 말씀입니까!" 나는 그의 말을 가로챘습니다. 마음은 극도로 불안했지만 그의 말은 내 마음을 사로잡았습니다. 나는 어지러웠는데, 눈앞에는 2두카텐짜리 금화가 반짝였습니다. "선생께서 주머니를 한번 보고 시험해보십시오." 호주머니에 손을 넣더니 그가 염소가죽으로 만든 복주머니를 끄집어냈습니다. 비교적 커다랗고 견고하게 바느질이 된 주머니의 든든한 가죽 끈 두 줄을 집어 나한테 내밀었습니다. 나는 그 안에서 금화 열 개를 꺼내고 다시 열 개, 다시 열 개, 또 다시 열 개를 꺼냈습니다. 나는 얼른 손을 내밀었습니다. "좋습니다! 거래가 성

25 사용해도 항상 주인에게 되돌아오는 동전으로, 이 동전이 건드린 다른 동전까지 주인에게 가져다준다.

26 옛날부터 전해 오는 이야기를 카를 아우구스트 무조이스가 민요로 만들었는데, 여기에는 원하는 모든 음식을 식탁에 내놓는 신기한 식탁보가 등장한다.

27 전해오는 이야기로, 주인이 명령하는 모든 일을 해주는 악마가 병 속에 들어있다.

28 15세기와 16세기에 인기 있던 이야기의 주인공.

사되었습니다. 주머니를 주고 내 그림자를 가지시오." 그가 악수를 하고 지체 없이 내 앞에 무릎을 꿇고 앉았습니다. 나는 그가 놀라운 솜씨로 풀밭에서 내 그림자를 머리에서 발끝까지 걷어내고 둘둘 말아 접어서 호주머니에 집어넣는 것을 보았습니다. 그는 다시 일어나 내게 한 번 더 공손히 절을 하고 장미 숲으로 돌아갔습니다. 나직하게 그가 혼자서 웃는 소리가 들리는 듯했습니다. 나는 복주머니의 끈을 꽉 잡았습니다. 내 주위에는 햇빛이 온통 땅에 쏟아지고 있었고, 나는 정신이 완전히 나간 상태였습니다.

2장

드디어 정신이 들자 나는 더 이상 용건이 없는 그곳을, 희망컨대, 서둘러 떠나고자 했습니다. 먼저 호주머니를 전부 금화로 가득 채운 뒤 나는 복주머니의 끈을 목에 묶고 주머니는 가슴에 숨겼습니다. 그러고 나서 아무 눈에 띄지 않게 정원을 나와 큰길을 지나 시내 방향으로 걸었습니다. 생각에 깊이 빠져 성문 쪽으로 걷고 있는데 누군가 뒤에서 소리쳤습니다. "젊은이, 여보시오, 젊은이. 나 좀 보시오." 뒤를 돌아보니 어떤 할머니가 나한테 소리치고 있었습니다. "조심 좀 하구려. 그림자가 안 보입니다." "할머니, 감사합니다." 할머니의 충고에 대해 금화 한 닢을 내던지고 나는 나무 아래로 들어갔습니다.

성문에 도착하자마자 나는 "그림자는 어디에 두었소?"라는 말을 보초한테서 들었습니다. 곧 이어 몇몇 여자들이 "하느님 맙소사. 저 불쌍한 사람은 그림자가 없어!"라고 소리쳤습니다. 짜증이 나기 시작해서 나는 햇빛에 나가지 않도록 극도로 조심했습니다. 하지만 계속 그렇게 할 수는 없었는데, 예를 들어 브

라이테 가[29]를 건널 때가 그랬어요. 어쩔 수 없이 길을 건너고 있는데, 운수 사납게도 마침 아이들이 학교에서 나오는 시간이었습니다. 아직도 그 아이를 기억하는데 등이 굽은 어떤 아이가 나한테 그림자가 없다는 것을 알아냈습니다. 그 놈이 큰 소리로 외곽 불량배들에게 소리를 치자 아이들 모두가 욕을 하면서 나한테 쓰레기를 던졌습니다. "제대로 된 인간은 햇빛에 나오면 그림자도 따라와야 해." 아이들한테서 빠져 나오기 위해 나는 금화를 한 움큼 집어 던지고 나를 동정하는 사람들의 도움으로 간신히 마차에 올라탔습니다.

달리는 마차에 혼자 있게 되자 나는 서럽게 울기 시작했습니다. 마음속에 한 가지 막연한 생각이 떠올랐는데 이 세상에서 업적이나 미덕보다 아무리 황금이 귀하다고 해도 그림자보다는 못하다는 것이었습니다. 전에는 내가 양심을 위해 황금을 포기했는데 이제 황금 때문에 그림자를 포기하고 말다니, 도대체 나는 어떻게 될 것인가!

마차가 여인숙 앞에서 멈추었는데도 나는 혼란스러운 생각에 빠져 있었습니다. 다시 누추한 다락방으로 들어간다는 생각은 끔직했습니다. 나는 내 물건을 가져다 달라 하여 눈총을 받으면서 초라한 보따리를 받아들고 금화 몇 닢을 주었고, 최고

---

29 Breitestrasse 함부르크 알토나에 있는 거리로, 항구를 묘사하면서 샤미소는 자신이 거주했던 함부르크를 참고한 듯하다.

급 호텔로 가달라고 부탁했습니다. 호텔은 북향이어서 해를 두려워하지 않아도 되었습니다. 나는 마부에게 금화를 주어 가게 한 다음 제일 좋은 방을 얻어 안으로 들어가 서둘러 문을 잠갔습니다.

내가 어떻게 했을 것 같나요? 친애하는 샤미소, 당신한테 고백하려니, 얼굴이 붉어집니다. 나는 그 재수 없는 돈주머니를 가슴에서 꺼내 마음속에 분노의 큰 불길이 타오르는 것을 느끼면서 금화를 꺼내고, 꺼내고, 또 꺼내서 바닥에 던지고 밟으면서 짤랑 소리를 내어 번쩍이는 빛과 짤랑이는 소리로 내 가련한 마음을 기쁘게 했습니다. 그 다음에는 돈 더미에 더 많은 금붙이를 던져 풍성한 돈더미에 앉아 그 속을 헤집고 그 위에서 지칠 때까지 뒹굴었습니다. 그렇게 낮이 지나고 밤이 지나갔습니다. 나는 방문을 열지 않았고 금화 위에서 밤을 보내다가 겨우 잠이 들었습니다.

나는 당신 꿈을 꾸었습니다. 자그마한 당신의 방 유리문 뒤에 내가 서 있었는데, 해골과 시든 나무 사이의 책상 앞에 당신이 앉아 있는 것이 보이는 것 같았습니다. 당신 앞에는 할러[30], 훔볼트[31], 린네[32]의 책이 펼쳐져 있었고, 소파 위에는 괴테의 책

---

30 Albrecht von Haller (1708-1777) 스위스의 의사, 식물학자, 작가.

31 Alexander von Humboldt (1769-1859) 독일의 자연과학자, 여행가, 지리학자.

32 Carl von Linné (1777-1843) 스웨덴의 식물학자.

한 권과《마법의 반지》[33]가 놓여 있었습니다. 나는 한동안 당신과 당신 방에서 연구하고 있는 물건들을 빠짐없이 살펴보고, 다시 한 번 당신을 바라보았습니다. 그런데 당신은 움직이지 않았고 숨도 쉬지 않았어요. 당신은 죽어 있었습니다.

나는 잠에서 깨었습니다. 아직 무척 이른 시간이었습니다. 내 시계는 서 있었습니다. 지쳐서 온몸이 아프고 목이 마르고 배도 고팠습니다. 전날 아침 이후 먹은 것이 없었습니다. 얼마 전만 해도 내 어리석은 마음을 기쁘게 하던 금화들이 역겹고 진저리가 나서 나는 발로 차버렸습니다. 언짢은 마음에다, 그걸 어떻게 해야 할지 알 수가 없었습니다. 내버려 둘 수는 없지요. 나는 복주머니에 다시 금화를 넣을 수 있는지 시험해 보았습니다. 쓸데없는 짓이었어요. 방에는 바다 쪽으로 난 창문이 하나도 없었습니다. 어쩔 수 없이 나는 땀을 흘려가면서 장롱으로 밀고 가서 그 안에 있는 커다란 상자에 그걸 넣었습니다. 몇 움큼은 바닥에 남겨 놓았습니다. 일을 마친 후 지칠 대로 지친 나는 소파에 앉아 숙소에 있는 사람들이 움직이길 기다렸습니다. 소리가 나자 나는 음식을 가져오게 하고 주인을 불렀습니다.

나는 그 사람과 앞으로의 거처 문제를 상의했어요. 그는 내

---

33 Zauberring.1813년에 발표된 푸케의 기사소설.

곁에서 시중을 들 만한 벤델이라는 사람을 소개했는데, 정직하고 영리한 그 사람의 인상은 즉시 내 마음에 들었습니다. 그 이후로 삶이 비참해질 때마다 나를 따르면서 정성을 다해서 암담한 운명을 견디도록 도와준 사람은 벤델입니다. 나는 하루 종일 방 안에서 일자리를 못 구한 하인, 구두장이, 재단사, 상인들과 시간을 보냈고 가구를 사고, 비싼 귀중품과 보석을 사는 것으로 잔뜩 쌓인 금화를 줄여나갔습니다. 그래도 금화 더미는 줄어드는 것 같지 않았습니다.

그러는 동안 내 마음은 주변 상황에 대한 두려운 불안감 속에서 흔들리고 있었습니다. 한 발자국도 문 밖으로 나갈 엄두를 내지 못한 채 저녁이면 방 안에 마흔 개의 밀랍 초를 켜 놓고야 어둠에서 나왔습니다. 아이들이 나를 놀리던 끔찍스런 장면만 생각하면 두려웠습니다. 엄청난 용기가 필요한 일이지만 나는 한번 사람들의 생각을 알아보기로 결심했습니다. 마침 밤에 달이 환했습니다. 저녁 늦은 시간 나는 큼직한 외투를 두르고 모자를 눈까지 내려오도록 눌러 쓴 뒤 범죄자처럼 떨면서 살그머니 집에서 나왔습니다. 멀리 떨어진 광장으로 나오자 나는 그때까지 나를 가려주던 건물의 그림자에서 빠져나와 달빛 안으로 나갔습니다. 지나가는 사람들의 입을 통해서 내 운명을 들어 볼 생각이었죠.

사랑하는 친구, 내가 견뎌야 했던 모든 고통스런 일들을 다시 반복하는 고통만은 제발 피하고 싶습니다. 여자들은 종종 나한테 깊은 동정심을 보였지만 그들의 말은 아이들의 조롱이나 남자들, 특히 큼지막한 그림자를 드리우는 몸집 큰 남자들의 우쭐대는 멸시 못지않게 내 마음을 파고들었습니다. 부모와 동행하는 것으로 보이는 어떤 아름답고 우아한 아가씨가 발만 내려다보고 걷다가 갑자기 반짝이는 눈을 내게 돌렸습니다. 그녀는 나한테 그림자가 없는 것을 보고 놀라서 그 예쁜 얼굴을 베일로 가리고 고개를 숙인 채 말없이 지나갔습니다.

나는 더 이상 참을 수가 없었습니다. 눈에서는 뜨거운 눈물이 흘렀어요. 쓰라린 가슴을 움켜쥐고 비틀거리며 나는 어둠속으로 다시 들어갔습니다. 비틀거리지 않도록 벽에 몸을 기대어 천천히 걸어서 늦게야 나는 내 방으로 돌아왔습니다.

나는 뜬 눈으로 밤을 새웠습니다. 다음날 내가 맨 먼저 한일은 회색 옷을 입은 남자를 찾는 일이었습니다. 혹시 그를 찾을 수 있을지 모르고, 그리고 만약 그 사람도 나처럼 어리석은 거래를 후회하고 있다면 얼마나 다행한 일입니까! 나는 벤델을 불렀습니다. 그는 똑똑하고 재주 있어 보였어요. 나는 그에게 회색 옷을 입은 남자에 관해 자세히 설명하고 그가 한 가지 보물을 가지고 있는데 그것이 없으면 내 인생은 고통뿐이라고 말했습니다. 그리고 그를 만난 시간, 장소, 그 자리에 있던 사람들에 관해 설명해주고 망원경, 금실이 들어간 양탄자, 화려한 천막, 그리고 검은 말에 관해서 자세히 알아보라고 했습니다. 확실치는 않지만 이런 것 모두는 대수롭지 않게 보이던 수수께끼 같은 그 남자와 관련된 것으로, 그 사람의 등장으로 내 인생의 평화와 행복은 파괴되었다고 말해주었습니다.

이야기를 마친 후 나는 가져올 수 있는 만큼의 많은 금화를 꺼내왔습니다. 그리고 더 값어치가 나가도록 보석과 패물도 내주었습니다. "벤델……" 내가 말했어요. "이것이 많은 길을 매끄럽게 만들고, 불가능해 보이는 많은 일들을 수월하게 해 줄거야. 자네도 나처럼 아끼지 말도록 하게. 어서 가서 자네의 주인을 기쁘게 해줄 소식을 가져오게. 내 모든 희망은 그 소식에 달려 있어."

벤델은 출발했습니다. 늦게 돌아온 그는 슬픈 모습이었습니다. 모두를 만나 이야기해보았는데 존 씨의 하인들이나 손님 중에 회색 옷을 입은 남자에 관해 기억하는 사람은 아무도 없더랍니다. 새 망원경이 거기 있었지만 어디서 난 것인지 아무도 몰랐고, 양탄자와 천막도 아직 언덕에 펼쳐 있지만 하인들은 주인의 재물을 자랑만 할 뿐 그 귀한 새 물건들이 언제부터 주인 것인지 아무도 몰랐답니다. 주인은 그 물건을 좋아하지만 어디서 난 것인지 전혀 신경 쓰지 않는다고 했답니다. 말은 그것을 탔던 젊은 신사들의 마구간에 서 있었는데, 그들은 말을 선물한 존 씨의 씀씀이를 칭찬하기만 했답니다. 벤델의 이야기에서 밝혀진 바는 그 정도의 성과뿐이었지만, 나는 그의 신속한 행동과 사려 깊은 처신을 칭찬했습니다. 우울한 마음으로 나는 이제 혼자 있게 해달라고 그에게 손을 저었습니다.

"저어, 중요한 일에 관해 보고를 끝냈습니다만……"벤델이 다시 입을 열었습니다. "전해 드려야할 한 가지 중요한 일이 더 있습니다. 제가 오늘 아침에 끝내 해결하지 못하고 돌아온 그 용무 때문에 집을 나서는데 어떤 사람이 문 앞에서 말씀을 전해 달라고 했습니다. 정확히 그 사람은 이렇게 말했습니다. '페터 슐레밀 씨한테 이제 여기서 나를 만나지 못할 것이라고 전해 주십시오. 배를 타고 떠날 생각인데, 바람이 좋아서 지금 부두로 나갑니다. 하지만 일 년 하고 하루 뒤에는 내가 다시 찾아와서 슐레밀 씨에게 꽤 괜찮은 거래를 제안할 것입니다. 저의 간절한 안부를 전해 주시고 감사의 인사도 전해 주십시오.'라고 했습니다. 누구시냐고 물었더니, 주인께서 자기를 아신다고 했습니다."

"어떻게 생겼던가?"예감이 불길해서 내가 소리쳤습니다. 벤델이 자세히 묘사해 주었는데, 그것은 모습 하나 하나, 말 한 마디 한마디가 조금 전 이야기에서 그가 물어보면서 찾아다닌 회색 옷을 입은 남자와 일치했습니다.

"맙소사!"나는 손을 비비며 소리쳤습니다. "바로 그 사람이야."벤델은 번쩍 눈을 떴습니다. "네. 그 사람이네요. 정말 그렇습니다." 그가 놀라 소리쳤어요. "제가 눈이 멀고 어리석어서 알아보지 못했습니다. 알아보지 못해서 주인님을 저버리고 말았습니다."

뜨거운 눈물을 흘리면서 그가 자책했는데, 절망에 빠진 그를 보니 가슴이 아팠습니다. 나는 그를 위로하고 그의 진심을 의심치 않는다고 안심 시켰습니다. 그리고 곧바로 그를 부두로 보내, 가능하다면, 그 이상한 사람의 자취를 찾아보도록 했습니다. 그런데 역풍으로 부두에 묶여 있던 많은 배들이 그날 세상의 곳곳으로, 여러 해안을 향해서 떠나버렸고 회색 옷을 입은 남자도 감쪽같이 그림자처럼 사라져 버리고 말았습니다.

3장

쇠사슬에 단단히 묶인 사람한테 날개가 무슨 소용입니까! 그래 봤자 절망스럽기는 마찬가지이고 오히려 더 절망스러울 뿐입니다. 나는 아무런 위로도 받지 못한 채 보물을 지키는 파프너[34]처럼 금화를 쥔 채로 굶주리고 있었습니다. 금을 열망하기는커녕 나는 금을 저주했는데, 그것이 나를 사람들한테서 떼어 놓는 때문이었습니다. 끔찍한 비밀을 혼자 간직한 채 나는 아주 비천한 하인까지 두려워하는 동시에 부러워했는데, 왜냐면 그에게는 그림자가 있어 햇빛 속으로 나갈 수 있으니까요. 나는 낮이고 밤이고 방 안에 홀로 숨어 있었는데, 슬픔이 마음을 갉아 먹고 있었습니다.

내 눈앞에서 괴로워하며 지내는 사람이 한 사람이 더 있었습니다. 충성스런 벤델은 사람을 찾으러 나가면서 선한 주인의 신뢰를 저버리고 주인의 불행한 운명과 긴밀하게 관련된 그 사

---

34 Faffner 〈니벨룽의 노래〉에서 보물을 지키는 용으로, 지그프리트는 이 용을 처치하고 보물을 자기 것으로 만든다.

람을 알아보지 못했다고 끊임없이 자책하고 괴로워했습니다. 하지만 나는 그를 탓할 수 없었습니다. 이번 일로 그 낯선 자가 괴상한 본성을 가지고 있음을 알게 된 때문입니다.

할 수 있는 일은 다 해볼 심산으로 어느 날 나는 벤델에게 귀하고 화려한 반지를 가지고 시내의 유명 화가를 모셔 오게 했습니다. 화가가 오자 나는 하인들을 밖으로 내보내고 문을 잠근 뒤 그와 마주 앉았습니다. 그의 솜씨에 대해 찬사를 보낸 뒤 절대로 비밀로 하겠다는 약속을 받아낸 다음에 나는 무거운 마음으로 본론으로 들어갔습니다.

"선생님" 내가 입을 열었습니다. "불행하게도 이 세상에서 그림자를 잃어버린 사람이 있는데 그 사람한테 가짜 그림자를 그려 주실 수 있습니까?" "그림자 말씀인가요?" "네. 그렇습니다." "그런데……" 그가 말을 이었었습니다. "얼마나 미련하고 주의력이 없으면 그림자를 잃어버리죠?" "어쩌다 그렇게 되었는지는……" 내가 대답했습니다. "별로 중요하지 않습니다." 뻔뻔스럽게도 나는 거짓말을 했습니다. "지난겨울에 러시아를 여행했는데 너무 추워 그림자가 땅바닥에 얼어붙어 떼어낼 수가 없었습니다."

"내가 그려줄 수 있는 가짜 그림자는……" 화가가 말했습니다. "조금만 움직여도 다시 잃어버리게 됩니다. 특히 말씀하신 대로 자기 것조차 제대로 간수하지 못하는 사람이라면 더욱 그렇습니다. 그림자가 없는 사람은 햇빛에 나가지 않는 것이 가장 현명하고 안전합니다." 그는 일어나서 나를 뚫어지게 쳐다보고는 가 버렸습니다. 그의 시선을 견딜 수가 없었습니다. 소파에 주저앉아 나는 얼굴을 두 손에 묻었습니다.

그때 벤델이 들어오다가 나를 보았습니다. 주인인 내가 고통스러워하는 것을 보고 그는 조용히 조심스럽게 나가려고 했습니다. 나는 그를 바라보았는데, 슬픔의 무게에 눌려서 이야기하지 않고서는 견딜 수가 없었기 때문입니다. "벤델" 내가 말했습니다. "자네는 내가 괴로워하는 것을 보면서 캐내려 하지 않고 말없이 진심으로 나와 고통을 나누는 유일한 사람이네. 벤델, 이리 와서 내 마음의 벗이 되어주게. 나는 자네 앞에서 내 재물의 보화를 감추지 않았어. 내 슬픔의 보화도 감추지 않겠네. 벤델, 나를 떠나지 말게. 벤델, 자네는 내가 부자이고, 인정 많고, 선량하고, 세상의 칭송을 받는다고 생각하지만 나는 세상을 피해서 숨어 있는 것이라네. 벤델, 세상이 나를 심판하고 나를 내쫓았어. 그리고 아마 자네도 내 끔찍스런 비밀을 알게 되면 나를 떠날 거야. 벤델, 난 부자에다 인심 좋고 선량하지만, 오 하느님, 나에게는 그림자가 없다네."

"그림자가 없다뇨!" 선량한 청년은 놀라서 소리치더니 맑은 눈물을 흘렸습니다. "주인이 그림자가 없다니 내 팔자도 한심하구나!" 그는 입을 다물었고, 나는 얼굴을 두 손에 묻었습니다.

"벤델" 떨리는 목소리로 내가 입을 열었습니다. "이제 내 비밀을 알고 있으니, 나가서 말하게. 사람들에게 내 욕을 하게." 그는 자신과 힘든 싸움을 하고 있는 듯했어요. 드디어 그가 내 앞에 무릎을 꿇고 내 손을 잡았습니다. "아닙니다." 그가 소리쳤습니다. "세상 사람들이 어떻게 생각하든 그림자 때문에 선량한 주인님을 저버릴 수는 없습니다. 저는 영리한 것보다는 올바른 것을 택하겠습니다. 주인님 곁에 머물면서 제 그림자를 빌려드리고, 도와드리고, 불가능한 일에는 함께 울겠습니다." 나는 그의 목을 끌어안고, 뜻하지 않은 그의 태도에 감동했습니다. 그가 돈 때문에 그러지 않는다는 것을 잘 아는 때문이었습니다.

그 후로 내 운명과 생활방식은 어느 정도 바뀌었습니다. 벤델이 내 결점을 얼마나 잘 숨겨주었는지는 말로 다 표현할 수 없을 정도입니다. 그는 언제나 내 앞, 또는 내 옆에 있었고, 모든 것을 살피고 대비하면서 위험한 상황에서는 재빨리 자신의 그림자로 나를 가려주었는데, 나보다 크고 건장한 때문이었습니다. 나는 다시 남들 사이로 나아가 세상에서 역할을 하기 시작했습니다. 나는 많은 사건을 만들고 변덕을 일삼았지만 그런 것은 원래 부자들한테는 어울리는 것이었습니다. 진실이 감춰지는 한 나는 내가 가진 재물에 어울리는 명예와 존경을 누렸습니다. 이제는 비밀스런 남자가 일 년 하고 하루 만에 찾아오겠다는 약속을 한층 차분하게 기다리게 되었습니다.

그림자 없는 것을 들켰던 나는 비밀이 쉽게 발각되는 장소에 오래 머무르면 안 된다는 것을 너무도 잘 알았지만, 혼자여서 그런지 몰라도 존 씨 댁에 갔던 때가 기억나면 너무도 안타까웠습니다. 그래서 여기서 한번 연습을 해보기로 했습니다. 다른 데서 좀 더 쉽고 자신 있게 등장하기 위해서였죠. 게다가 나는 한동안 자만심에 붙잡혀 있었습니다. 그런 것은 단단한 땅에다 닻을 내린 사람이나 할 수 있는 것인데도 말입니다.

제삼의 장소에서 나를 다시 만나게 되자 아름다운 파니는 전에 만났던 것을 기억하지 못하고 내게 관심을 보였습니다. 이제 나는 재치와 분별을 갖춘 사람이었으니까요. 내가 입을 열면 사람들은 귀를 기울였고, 어디서 대화를 그렇게 쉽게, 잘 하는 재주가 생겼는지 나 자신도 알 수 없을 정도였습니다. 아름다운 아가씨에게 내가 준 인상은 바로 그녀가 원하는 멍청이 역할이었고, 나는 갖은 애를 쓰면서 그늘과 어둠 속에서 그녀를 따라 다녔습니다. 그녀가 나를 소유했다는 허영심에 빠지도록 나는 허영을 부렸지만, 아무리 애를 써도 열정을 머리에서 가슴으로 옮길 수는 없었습니다.

하지만 당신에게 이 형편없는 이야기를 시시콜콜 장황하게 반복할 필요가 있을까요? 당신 자신도 유명인들에 관한 그런 이야기를 나한테 질리도록 많이 해주었지요. 그런데 착하게도 내가 진부한 역할을 떠맡고 있는 이 낡고 재미없는 연극에는 특이하게 만들어 놓은 파국이 기다리고 있었습니다. 나도, 그녀도, 어느 누구도 예기치 못한 파국이었습니다.

아름다운 어느 날 저녁 나는 늘 하던 대로 가든파티를 열었습니다. 손님들과 조금 떨어진 곳에서 연인의 팔짱을 낀 채 다른 사람들과 좀 떨어져 그녀에게 찬사를 늘어놓는 중이었습니다. 그녀는 얌전히 앞을 내려다보면서 내가 손을 잡자 다소곳이 응답했습니다. 그런데 그때 갑자기 구름 사이에서 나온 달이 우리의 뒤에서 비쳤습니다. 발 앞에 자신의 그림자밖에 없는 것을 보고 그녀는 섬뜩 놀라 나를 쳐다보더니 다시 땅을 내

려다보면서 내 그림자를 찾았습니다. 그녀의 마음속에서 일어나는 일이 표정에 기묘하게 드러나는 것을 보고 등골이 오싹하지만 않았다면 나는 웃음을 터트릴 뻔 했습니다.

그녀가 정신을 잃고 내 품에 쓰러졌고 나는 놀란 손님들 사이를 활처럼 뚫고 문으로 날아가 거기 서 있는 아무 마차에나 올라타 벤델이 있는 시내로 돌아왔습니다. 그날 불행하게도 벤델을 동행하지 않았던 것입니다. 나를 보고 놀랐지만 그는 말 한마디에 모든 것을 알아차렸습니다. 나는 곧 역마를 불러 하인들 중에서 한 명만 데리고 떠났습니다. 나한테 자신이 꼭 필요한 인물이라는 것을 노련하게 각인시키고 있는 라스칼[35]이란 이름의 약삭빠른 하인으로, 그는 그날 저녁 사건은 모르고 있었습니다. 그날 밤 나는 30마일을 달렸습니다. 벤델은 뒤에 남았는데, 집을 처분하고 나에 대한 풍문을 잠재우고, 나한테 꼭 필요한 것을 가져오기 위해서였습니다. 다음날 그가 뒤쫓아 오자 나는 그의 팔에 안겨 다시는 바보짓을 하지 않고 조심해서 행동하겠다고 맹세했습니다. 국경을 넘고 산을 넘어 우리는 여행을 계속했습니다. 높은 성벽을 기준으로 운명의 땅에서 벗어나고 멀리 떨어진 산기슭에 이르자 나는 그간의 피로를 풀기 위해서 근처의 인적이 드문 온천지로 발을 옮겼습니다.

---

35 영어의 rascal (악당)을 상기시키는 이름.

4장

이제 내 이야기에서 한 시절을 서둘러서 지나가려 하는데, 당시의 뜨거운 열정을 기억 속으로 불러올 수 있다면 너무도 그곳에 머물고 싶은 그런 시절입니다. 하지만 그 시절을 화려하게 물들였고, 그렇게 물들일 수 있는 유일한 광채는 이미 내 안에서 사라졌습니다. 당시 내 가슴에서 용솟음쳤던 고통, 행복, 진실한 꿈을 다시 찾아보려 해봤자 더 이상 생명수가 솟지 않는 바위를 헛되이 두드리는 셈으로, 하느님마저 나에게서 멀어지고 말았습니다. 지나간 그 시절이 너무도 달라진 시선으로 나를 바라보고 있습니다! 그곳 온천지에서 나는 영웅 역을 비극적으로 해야 했는데, 제대로 공부하지 않고 무대에 선 신출내기처럼 나는 그만 무대를 벗어나서 파란 눈에 반해버렸습니다. 거짓 연기에 속은 부모는 서둘러 거래를 끝낼 생각으로 온갖 수단을 동원했고 천한 익살극은 결국 비웃음거리로 끝나고 말았습니다. 그것 뿐, 그것이 전부입니다. 그 일이 어리석고 멍청하게 느껴질 뿐 아니라, 당시에 내 마음을 풍성하게 하고 들뜨게 하던 것이 지금 어리석고 멍청하게 느껴지니 끔찍스러울 뿐입니다. 미나, 그 시절에 당신을 잃고 내가 울었듯이 지금도 나는 마음속에서 당신을 잃은 슬픔에 울고 있습니다. 내가 늙었지요? 철이 드는 것은 슬픈 일입니다! 단 한 번 만이라도 그 시절의 맥박을, 그 환상의 순간을 다시 느낄 수 있다면…… 아닙니다! 나는 지금 쓰디 쓴 당신 눈물의 거칠고 황량한 바다에 외로이 떠있고, 11년산 샴페인[36]의 마지막 잔에서 불꽃이 일었던 것은 오래전의 일입니다.

나는 마을에서 마땅한 집을 찾도록 벤델에게 금화 몇 자루를 들려 먼저 보냈습니다. 벤델은 그곳에서 많은 돈을 뿌렸고 그가 모시고 있는 지체 높고 낯선 사람에 관해서는 애매하게 설명했습니다. 내가 이름을 말하지 말라고 했기 때문이지요. 그것이 순진한 시민들에게는 묘한 환상을 불러왔습니다. 거처가 어느 정도 준비되자 벤델은 나를 데리러 돌아왔습니다. 우리는 길을 나섰습니다.

읍까지 한 시간 정도 떨어진 곳에서 해가 내려쬐는 가운데 화려하게 차려입은 사람들이 우리의 앞을 막았습니다. 마차가 멈췄습니다. 음악이 들리고, 종이 울리고, 축포가 터지고 우렁찬 만세 소리가 하늘에 울려 퍼졌습니다. 마차 문 앞에 하얀 옷

---

36 혜성이 나타났던 1811년 산 샴페인은 특히 맛이 좋아 인기가 높았다.

을 입은 아름다운 아가씨 합창단이 나타났습니다. 그러나 한 아가씨 앞에서 그들의 아름다움은 밤하늘의 별들이 태양 앞에 사라지듯 사라지고 말았습니다. 그 아가씨는 여러 미녀들 사이에서 걸어 나왔어요. 날씬하고 우아한 자태로 내 앞으로 오더니 수줍게 얼굴을 붉히며 무릎을 꿇고 비단보에 받쳐 든 월계수와 올리브 가지, 장미로 엮은 화관을 내밀었습니다. 그러고는 폐하를, 경외하고, 사랑한다는 그 비슷한 말을 했는데 무슨 말인지 알아듣지는 못했지만 그녀의 마법 같은 맑은 목소리는 내 귀와 마음을 황홀하게 했습니다. 천사가 내 곁을 지나가는 것 같았습니다. 그때 합창단이 끼어들어 훌륭한 군주를 칭송하고 백성의 행복을 노래했습니다.

그런데 사랑하는 친구, 이 장면이 해가 중천에 떠 있을 때 일어났다는 것을 생각해 보십시오. 아가씨는 계속 내 앞에서 두 걸음 떨어진 곳에 무릎을 꿇고 있었는데, 그림자 없는 나는 나와 그녀 사이의 간격을 넘을 수도, 그 천사 앞에 무릎을 꿇을 수도 없는 상황이었습니다. 그 순간 그림자를 위해서라면 무엇이든 내주고 싶었습니다! 수치심과 두려움, 절망을 나는 마치 바닥 깊숙이 숨겨야만 했습니다. 마침내 벤델이 나를 위해 무엇인가를 생각해 내고 반대쪽 문으로 뛰어내렸습니다. 나는 그를 불러 마침 내 손에 있는 작은 상자에서 화려한 다이아몬드 왕관을 주었지요. 그것은 원래 아름다운 파니에게 주려던 것이었습니다. 벤델은 앞으로 나아가 주인을 대신해서 주인님은 이런 예우를 받을 수도, 받고 싶지도 않으며, 무슨 착오가 있는 것이 분명하지만 일단 시민들의 선의에 감사한다고 전했습니다. 그리고 아가씨가 쓰고 있는 화관을 벗기고 대신 다이아몬드 관을 씌워준 뒤에 어서 일어나라고 아름다운 아가씨에게 정중하게 손을 내밀고 성직자, 관리, 모든 대표들에게는 물러가라고 손짓했습니다. 아무도 더 이상 앞으로 나오지 못하도록 한 것입니다. 벤델은 무리지어 있는 사람들을 갈라서게 해서 말에게 길을 터준 뒤 다시 마차에 올라탔습니다. 마차는 힘차게 달려 나뭇잎과 꽃으로 만들어 놓은 아치를 지나 시내로 향했습니다. 축포는 계속 신나게 발사되었습니다. 마차는 내 저택 앞에 도착했습니다. 나를 보려고 몰려온 사람들 사이를 뚫고 나는 얼른 문으로 뛰어 들어갔습니다. 사람들은 창문 밑에서 만세를 불렀고 나는 2두카텐짜리 금화를 뿌렸습니다. 저녁이 되자 온 마을은 불을 밝혔습니다.

여전히 나는 이 모든 소동이 어떻게 된 일인지, 사람들이 나를 누구로 생각하는지 몰랐습니다. 그래서 사정을 알아오도록 라스칼을 보냈습니다. 수소문한 바로는 어떤 경로를 통해서인지는 몰라도 프로이센의 선량한 왕[37]이 어느 백작의 이름으로

---

37 나폴레옹 전쟁 시 프로이센에서 국부로 추앙받았던 프리드리히 빌헬름 3세(1770-1840)를 일컬음.

나라를 순방하고 있다는 소문이 퍼졌고, 내 수행원이 우리의 정체를 나름대로 밝혔다는 것, 내가 이 마을에 온 것을 모두들 기뻐하고 있다는 것이었습니다. 내가 엄중하게 익명으로 시찰하려고 하는데 무리하게 베일을 들추는 것은 부당하다고 사람들이 생각한다는 것입니다. 또한 그들은 내가 화를 낼만한데도 그토록 너그러운 것을 보니 자신들의 호의도 용서해 줄 것으로 생각한다는 것이었습니다.

이 일이 얼마나 재미있는지 악당인 라스칼은 꾸짖는 척하면서 착한 사람들에게 그들의 상상을 더욱 굳건하게 만들어 놓았습니다. 우스꽝스런 보고를 내가 재미있어 하자 그는 못된 짓을 더욱 신나게 떠벌였습니다. 사실을 밝혀야 했나요? 나는 남들이 나를 훌륭한 군주로 생각하는 것이 흐뭇했습니다.

다음날 저녁 나는 집 앞에다 그늘이 지는 나무 아래에 파티를 준비시키고 마을 사람들 모두를 초대하도록 명령했습니다. 내 돈의 신비스런 위력과 벤델의 수고와 라스칼의 기민한 창의력 덕에 우리는 시간까지도 다스릴 수 있었습니다. 정말 놀라웠습니다. 불과 몇 시간 만에 모든 것이 풍성하고 화려하게 차려져 화려함과 풍요가 넘쳤습니다. 기발한 조명도 너무나 지혜롭게 배열되어 있어서 나는 마음을 푹 놓을 수 있었습니다. 걱정할 일이 전혀 없으니 하인들을 칭찬하지 않을 수 없었습니다.

어두워졌습니다. 손님들이 도착해서 나에게 소개되었어요. 폐하라는 말은 없어졌지만 나는 깊은 경외와 겸손에서 우러난 백작님 호칭을 얻었습니다. 어떡합니까? 나는 그 호칭을 받아들여서 그때부터 페터 백작이 되었습니다. 파티의 부산함 속에서도 내 마음은 오직 한 사람만을 열망했습니다. 그녀는 늦게 나타났는데 왕관을 쓰고 있는 그녀가 실은 왕관 그 자체였습니다. 그녀는 다소곳이 부모를 뒤따르고 있었는데 자신이 가장 아름답다는 것을 모르는 것 같았습니다. 산림관장과 그의 아내와 딸이 내게 소개되었습니다. 나는 그녀의 부모에게 여러 가지 유쾌하고 친근한 이야기를 해 줄 수 있었지만 막상 딸 앞에서는 꾸중 듣는 아이처럼 선채로 아무 말도 하지 못했습니다. 드디어 말을 더듬으면서 그녀에게 왕관이 의미하는 직책을 수행하여 파티를 즐겁게 해달라고 부탁했습니다. 감동한 눈빛으로 그녀는 그 일을 면하게 해달라고 부탁했지만 그녀 앞에서 나는 그녀보다 더 부끄러워하면서 첫 신하로서 깊은 경외심에서 우러난 서약을 행했습니다. 백작의 신호는 다른 사람들에게 명령이 되어 모두 기뻐하면서 열심히 나의 선례를 따랐습니다. 위엄, 순결, 우아함이 아름다움과 어우러져서 즐거운 파티가 만들어졌습니다. 미나의 부모는 행복에 겨워 딸이 그렇게 귀한 대접을 받는 것은 내가 자신들을 존중해서라고 생각했습니다. 나 자신은 이루 말할 수 없는 황홀경에 빠져 있었습니다. 나는 짐스런 금화를 처분하기 위해서 전에 사들인 귀금속 중에서 남은 것을, 그러니까 온갖 진주와 보석을 뚜껑 있는 두 개의 용기에 담아내 식탁에서 여왕의 이름으로 그녀의 친구들과 귀부인들에게 하나씩 돌리게 했습니다. 그러는 동안 환호하는 군중들에게는 장벽 너머로 쉴 새 없이 금화를 던졌습니다.

다음날 아침 벤델이 나한테 와서 은밀히 말하기를 라스칼의 정직성에 대해서 오래전부터 품어온 의혹이 이제 확실하게 드러났다고 말했습니다. 전날 그가 금화 몇 자루를 빼돌렸다는 것입니다. "얼마 안 되는 노획품을 불쌍한 그 악당한테 그냥 주도록 하게."라고 내가 말했습니다. "모두에게 나눠주는데 그 사람만 빼 놓을 이유가 없지. 어제 라스칼도, 자네가 새로 데려온 사람들도 모두들 정직하게 일했네. 즐거운 파티가 되도록 모두들 나를 도와주었어."

그 일은 더 이상 화제에 오르지 않았습니다. 라스칼은 계속 나의 시종장이고, 벤델은 내 친구이자 속을 털어 놓는 사람이었습니다. 벤델은 내 재물이 무한한 것을 알면서도 그 출처를 알아내려 하지 않았습니다. 오히려 내 마음을 살피면서 그것을 쓸 수 있는 기회를 만들도록 도왔습니다. 미지의 남자, 창백한 얼굴의 음흉한 남자에 관해 그가 유일하게 아는 것은, 내가 오로지 그를 통해서만 나를 괴롭히는 저주에서 벗어날 수 있고, 나의 유일한 희망이 걸린 그를 내가 두려워한다는 것이었습니다. 그는 나를 어디서나 찾아 낼 수 있지만 나는 그를 어디서도 찾을 수 없기 때문에 나는 약속된 날짜만을 기다리기로 하고, 찾아보려는 부질없는 일은 중단했습니다.

파티의 화려함과 내가 보여주는 행동을 보고 쉽사리 믿는 시민들은 처음에는 그들의 원래 생각을 굽히지 않았습니다. 하지만 곧 프로이센 왕의 비밀스런 행차가 근거 없는 헛소문으로 신문에 밝혀졌습니다. 그래도 나는 여전히 왕이었고, 계속 그럴 수밖에 별 도리가 없었습니다. 그것도 이 세상의 왕들 중에서 가장 부유하고, 왕다운 왕이어야 했습니다. 단지 사람들은 어느 왕인지를 알지 못할 뿐이었지요. 세상은, 더욱이 요즘에는 왕이 모자라 걱정할 이유는 절대로 없습니다. 왕을 눈으로 직접 본 적이 없는 선량한 사람들은 때로 이 왕, 혹은 저 왕이라고 승산 없는 추측을 했지만, 페터 백작은 언제나 같은 모습이었습니다.

언젠가 온천 휴양객 중에서 부자로 살 생각에서 파산 처리를 한 상인이 나타났습니다. 그는 여기저기서 존경을 받았는데 좀 흐릿하지만 널찍한 그림자를 가지고 있었습니다. 모은 재산을 그는 여기에서 과시하려했고 심지어 나와 경쟁할 태세였습니다. 나는 돈주머니 덕으로 그 가련한 악마를 몰아쳤습니다. 체면을 살리려고 그는 다시 파산 선언을 하고 산을 넘어 달아났습니다. 나는 그렇게 그를 물리쳤습니다. 이 지역에다 나는 쓸모없는 인간들과 게으름뱅이들을 잔뜩 만들어 놓았던 것입니다!

호사와 낭비로 사람들을 굴복시켰지만 나는 집에서는 아주 소박하게 틀어박힌 채 살았습니다. 엄청나게 조심하는 것을 원칙으로 삼아서 내 방에는 벤델 외에는 누가 어떤 구실을 대도 들어오지 못하게 했습니다. 해가 비치는 동안 문을 잠그고 나는 그와 방 안에서 지냈는데, 사람들에게는 백작은 방에서 집무 중이라고 말하도록 했습니다. 일은 심부름꾼 없이는 할 수가 없었는데, 나는 사소한 일에도 그들을 내보내거나 들어오게 했습니다. 나는 저녁에만 나무 아래, 또는 벤델의 생각에 따라 노련하게 환하게 불을 밝힌 홀에서 손님을 맞았습니다. 외출 시에는 벤델이 따라 다니며 날카로운 아르고스[38]의 눈으로 나를 지켜보았는데, 외출이라야 기껏 산림관장 집의 정원으로 한 사람을 만나러 가는 것이었습니다. 내 삶에서 진심은 내 사랑뿐이었습니다.

오, 착한 내 친구 샤미소, 사랑이 무엇인지 아직도 잊지 않았기 바랍니다. 이것에 관해서는 많은 것을 당신이 보충하십시오. 미나는 정말로 사랑스럽고, 착하고, 신앙심 깊은 아가씨였습니다. 그녀의 생각은 온통 나한테 사로 잡혀 있었습니다. 너

---

38 Argos 그리스 신화에 등장하는 눈이 백 개 달린 괴물.

무도 겸손한 그녀는 자신이 무슨 가치가 있기에 내가 그렇게 눈길을 보내는지 알지 못했지만 순진한 마음에서 우러나는 젊음의 열정으로 내 사랑에 응답했습니다. 다른 여자들처럼 그녀는 스스로를 희생하고 스스로를 망각하면서 사랑했어요. 오직 자신의 삶인 상대방을 위해 헌신했고, 죽음까지도 불사했습니다. 한마디로 그녀는 진심으로 사랑했습니다.

오, 얼마나 끔직스런 시절인가, 정말 끔찍했습니다. 그렇지만 다시 돌아가고 싶을 만큼 소중한 시절이었습니다. 정신없는 도취 상태가 지나고 정신이 들어 나 자신을 돌아볼 때면 나는 종종 벤델의 가슴에 기대어 울었습니다. 그림자도 없는 내가 사악한 이기심 때문에 천사를 파괴시키고 그녀의 순수한 영혼을 속여서 훔쳐낸 것입니다! 종종 나는 내 비밀을 직접 밝히고 그녀와 헤어져 떠나기로 굳게 맹세했습니다. 눈물을 쏟으며 저녁에 산림관의 정원에서 어떻게 그녀를 만날지 벤델과 상의했습니다. 하지만 다른 한편으로는 회색 옷을 입은 미지의 남자가 곧 찾아오리라는 희망에 스스로를 속였습니다. 헛되이 그것에 희망을 걸고 다시 눈물을 쏟았습니다. 끔직한 그의 모습을 언제 볼 것인지 계산해 보고, 그가 일 년하고 하루라고 말했으니 그의 말을 믿었습니다.

그녀의 부모는 선량하고 존경할만한 사람들로 외동딸을 매우 사랑했습니다. 이번 일에 그들은 놀라서 어쩔 줄 몰랐습니다. 페터 백작이 자기네 자식을 마음에 둘 것이라고 꿈도 꾸지 못했는데, 이제 백작이 딸을 사랑하고 딸도 그를 사랑하고 있으니까요. 어머니 쪽은 허영심이 있어서 결합의 가능성을 생각하면서 그 방향으로 일을 추진했지만, 나이든 남자의 상식으로 그것은 말도 안 되는 생각이었습니다. 두 사람은 나의 진정성을 믿었지만 자식을 위해서 그들이 할 수 있는 일은 기도뿐이었습니다.

당시 미나로부터 받은 편지 한 통이 내 손에 있습니다. 바로 그녀의 필적입니다. 당신에게 이 편지를 그대로 옮기도록 하겠습니다.

"저는 연약하고 어리석은 소녀입니다. 제가 진정 진심으로 그분을 사랑하기에, 그분이 이 불쌍한 소녀를 아프게 하시지 않을 것이라고 잘못 생각할 수 있습니다. 당신은 정말 좋은 분, 표현할 수 없을 만큼 좋은 분이십니다. 하지만 제 말을 오해하지는 마세요. 당신은 저를 위해 어떤 희생도, 희생할 생각도 하셔서는 안 됩니다. 만약 그렇게 하신다면, 하느님, 저는 제 자신을 미워할지도 몰라요. 당신은 저를 너무나 행복하게 해주셨어요. 저에게 사랑하는 법을 가르쳐주었습니다. 떠나세요. 저는 제 운명을, 페터 백작님은 저의 것이 아니라 세상의 것이라는 것을 압니다. 그분은 이런 분이고, 그분은 저런 분이고, 그분이 이런 일을 했다는 말을 듣게 되면 저는 자랑스러울 거예요. 여기저기서 사람들은 당신을 숭상하고 신처럼 받들 것입니다. 그런 생각을 하면 당신이 고귀한 사명을 잊고 한낮 어리석은 소녀 곁에 계신 것에 화가 나요. 떠나세요. 안 떠나시면 이런 생각에 저는 불행할 것입니다. 당신으로 인해 저는 이렇게도 행복하고, 이렇게도 복에 겹습니다. 당신의 인생에 저는 올리브 가지와 장미 봉오리를 엮어드렸지요. 전에 당신에게서 화관을 받았던 것처럼 말이에요. 당신을 마음속에 간직하겠습니다. 사랑하는 분, 저를 떠나는 것을 두려워마세요 당신을 위해서라면 저는 정말 행복하게, 말할 수 없이 행복하게 죽을 것입니다."

이런 말이 내 가슴을 얼마나 아프게 했는지 짐작할 수 있을 것입니다. 나는 사람들이 생각하는 그런 사람이 아니라고 그녀에게 설명했습니다. 나는 돈만 많을 뿐 그 외에는 한없이 불쌍한 남자라고 말입니다. 나는 저주에 걸려 있는데, 이 사실은 오직 그녀와 나 사이에 비밀이어야 한다고, 왜냐하면 그것이 풀릴 희망이 없기 때문이라고도 했습니다. 이것은 내 삶의 독약이었습니다. 나는 그녀를, 내 인생의 유일한 빛이자 유일한 행복, 유일한 용기인 그녀를 심연으로 빠트리게 할 것이라고도 말했습니다. 그녀는 내가 불행하다는 사실에 다시 한 번 울었습니다. 그녀는 너무도 사랑스럽고 너무도 착했어요. 내 눈물을 한 방울이라도 덜어주기 위해서라면 그녀는 한없이 행복해

하면서 자신의 몸도 마음도 완전히 희생했을 것입니다.

하지만 그녀는 내 말을 올바르게 받아들이지 못한 것입니다. 그녀는 내가 무거운 파문을 당한 제후, 추방당한 높은 군주라고 생각했고 그녀의 상상력은 연인을 영웅의 모습으로 화려하게 채색하고 있었습니다.

언젠가 나는 이렇게 말했습니다. "미나, 다음 달 마지막 날에는 내 운명이 바뀌고 결정될 수 있어요. 그런 일이 안 일어나면 나는 죽어야 해. 당신을 불행하게 만들고 싶지는 않으니까." 그녀는 울면서 내 가슴에 머리를 파묻었습니다. "만일 운명이 달라지면 당신이 행복하다는 것만 알려주세요. 저는 그것으로 충분합니다. 하지만 비참한 처지에 있게 되면 저에게 당신과 불행을 함께 나눌 수 있도록 해주세요."

"미나, 미나, 그 말은 취소하시오. 당신의 입에서 나온 그 어리석고 성급한 말은 거두시오. 내 비밀을 모르니까 그런 말을 하는 겁니다. 내 불행과 내 저주를 알기나 하나요? 당신의 연인이 어떤 사람인지 아나요? 어떤지를? 내가 당신에게 비밀을 간직한 채 이렇게 몸서리치고 두려워하면서 지내는 것이 안 보이나요?" 하지만 그녀는 내 발밑에 쓰러져 울면서 맹세코 자신의 소원을 되풀이 할 뿐이었습니다.

산림관이 들어오자 나는 다음 달 1일에 따님에게 청혼할 생각이라고 말했습니다. 날짜를 그렇게 정하는 것은 그때가 되면 내 운명에 영향을 줄 수 있는 많은 일이 일어나기 때문이라고 했습니다. 하지만 따님에 대한 내 사랑은 조금도 변함이 없다고 말했습니다.

선량한 삼림관은 페터 백작의 입에서 이런 말이 나오는 것을 듣고 몹시 놀랐습니다, 그는 내 목을 끌어안았지만 곧 자신의 신분을 잊은 것에 당황했습니다. 그는 의심하고 생각해보고 캐봐야 했습니다. 그는 사랑하는 딸의 지참금, 보장, 미래에 관해 이야기를 꺼냈습니다. 나는 그런 문제를 환기시켜 주어 감사하다고 말하고, 앞으로 나는 사랑받고 있는 이 지방에 정착해서 편안한 생활을 하려한다고 말했습니다. 나는 그에게 이 마을에서 팔려고 내놓은 토지 중에서 제일 좋은 것을 따님의 명의로 매입하고 대금 지불은 나에게 맡기라고 했습니다. 그런 일은 사랑에 빠진 사위가 연인의 아버지에게 베풀 수 있는 최고의 일이라고 했습니다. 이것은 그에게 커다란 일거리가 되었는데, 도처에서 어떤 외지인이 항상 그보다 앞서기 때문이었습니다. 그래도 백만 정도의 매물은 살 수가 있었습니다.

내가 이 일을 맡긴 것은 실은 그를 떼어 놓으려는 악의 없는 계략이었고 나는 전에도 그에게 이미 비슷한 일을 한 적이 있었습니다. 고백하자면 그가 좀 귀찮았거든요. 반면 순박한 어머니는 귀가 좀 어두워서, 남편처럼 백작을 즐겁게 만드는 영광스런 일에 샘을 내지는 않았습니다.

어머니가 합류하여 행복이 넘치는 이 사람들은 저녁에 더 오래 자기들과 함께 있어달라고 나를 졸랐습니다. 나는 일 분도 더 지체할 수가 없었습니다. 나는 떠오르는 달이 지평선에 희미한 빛을 발하는 것을 보았습니다. 내 시간은 끝이 났습니다.

다음날 저녁에 나는 다시 삼림관장 집의 정원으로 갔지요. 나는 외투를 어깨 위에 펼치고 모자를 눈 위에까지 눌러 쓴 채 미나에게 갔습니다. 고개를 들어 나를 바라보는 순간 그녀는 무의식적으로 움찔했습니다. 그러자 나는 저 소름 끼치던 밤에 내가 그림자 없이 달빛 속에서 모습을 드러냈던 모습이 생각났습니다. 그 소녀가 바로 미나였습니다. 그녀가 나를 알아본 것일까요? 그녀는 조용히 생각에 잠겨 있었는데, 내 가슴에 모루가 놓여 있는 것처럼 너무도 무거워 나는 자리에서 벌떡 일어났습니다. 그녀는 말없이 울면서 내 가슴에 안겼습니다. 나는 떠나오고 말았습니다.

이제 나는 그녀가 자주 눈물에 잠겨 있는 것을 보았습니다. 내 영혼 주위는 점점 더 어두워졌는데 그녀의 부모만 넘치는 행복에 잠겨 어쩔 줄 몰랐습니다. 운명의 날이 다가 오고 있었습니다. 폭풍의 먹구름처럼 두렵고 음산했습니다. 바로 하루 전날 밤이 되자 나는 거의 숨도 쉴 수 없을 정도였습니다. 조심스럽게 상자 몇 개를 금화로 가득 채우고 나는 열두 시가 되기를 뜬 눈으로 기다렸습니다. 시계가 쳤습니다.

나는 자리에 앉아 시계 바늘에 눈을 고정시킨 채 비수에 찔린 듯이 일 초 일 분을 헤아렸습니다. 바스락 소리만 들려도 나는 깜짝 놀라 벌떡 일어났습니다. 날이 밝아왔습니다. 납처럼 무거운 시간들이 밀려와 정오, 저녁, 밤이 되었습니다. 시계 바늘이 돌아가고 희망이 시들어 갔습니다. 열한 시를 쳤는데 아무것도 나타나지 않았고 마지막 한 시간의 마지막 몇 분이 흘러가도 아무것도 나타나지 않았습니다. 열두 시를 치는 첫 소리, 그리고 마지막 소리가 들렸습니다. 그러자 나는 절망에 빠져 끝없는 눈물을 쏟으며 침대에 쓰러졌습니다. 다음날이면 나는 영원히 그림자 없는 몸으로 연인에게 구혼하는 수밖에 없었습니다. 아침이 되어서야 불안한 잠이 내 눈을 무겁게 눌러 왔습니다.

5장

아직 이른 시간인데 대기실에서 시끄럽게 오가는 목소리에 나는 잠에서 깨었습니다. 귀를 기울여보니 벤델이 내 방문을 가로 막고 있고 라스칼이 소리를 지르면서 같은 하인 처지이니 자네의 명령을 따를 수 없다면서 내 방으로 들어오려는 중이 었습니다. 충직한 벤델은 그런 말이 내 귀에 들어가면 좋은 일 자리를 잃을 것이라고 타일렀습니다. 그러자 라스칼은 방에 못 들어가게 계속 막는다면 손찌검도 불사하겠다고 했습니다.

나는 옷을 대충 걸치고 화가 나서 문을 열어젖히고 라스칼 에게 소리쳤습니다. "무례한 놈 같으니, 뭐 하는 짓인가?" 라스 칼은 두어 걸음 물러나더니 아주 차갑게 대답했어요. "죄송합 니다만 백작님, 그림자를 한번 보여주시지요. 지금 정원에 해 가 아주 환하게 떠있습니다."

나는 벼락이라도 맞은 것 같았습니다. 다시 입을 열기까지 는 한참이 걸렸습니다. "하인이 감히 주인한테 어찌 이럴 수 있 는가!" 라스칼은 침착하게 말을 막았습니다. "하인이지만 착실한 사람으로, 저는 그림자 없는 분을 모실 수는 없습니다. 그러니 저를 해고해 주십시오." 나는 묘수를 쓰는 수밖에 없었습니다. "하지만 라스칼, 친애하는 라스칼, 누가 자네한테 그런 한심한 생각을 하도록 만들었나? 어떻게 그런 생각을 할 수가 있나?" 그는 변함없는 어조로 말을 이었습니다. "사람들이 주인님한테 그림자가 없다고 합니다. 그러니 간단히 말해서 그림자를 보여주던지 저를 해고해 주십시오."

나보다 분별이 있는 벤델이 창백해지고 떨면서도 신호를 보내더군요. 나는 만병통치의 금화에서 도피처를 구했습니다. 하지만 금화 역시 효력이 없었습니다. 라스칼은 금화를 내 발앞에 내던졌습니다. "그림자 없는 사람한테서는 아무것도 받지 않습니다." 그는 나에게 등을 돌리더니 모자를 쓰고 휘파람을 불면서 유유히 방을 나갔습니다. 벤델과 함께 나는 돌처럼 굳어 멍하니 꼼작 않고 그의 뒷모습을 바라보았습니다.

무겁게 한숨을 내쉬고 마음속으로 죽음을 생각하면서 마침내 말로 설명을 해볼 작정으로 나는 재판관 앞에 나서는 죄인처럼 산림관장의 정원을 향해 출발했습니다. 나는 그들이 나를 기다리고 있는 낯익은 어두운 정자 앞에서 내렸는데, 내 이름을 붙인 정자였습니다. 미나 어머니는 편하고 기쁘게 나에게로 다가 왔습니다. 미나는 창백하고 아름답게 앉아 있었는데 마치 가을의 마지막 꽃잎에 입을 맞추고 금방 쓰디쓴 물로 녹아버리는 첫눈처럼 보였습니다. 무엇인가 적힌 종이를 손에 들고 서성거리던 감독관은 속으로 잔뜩 참고 있는 중이었는데, 평소에는 무표정하던 얼굴이 붉으락푸르락했습니다. 내가 들어서자 그가 다가와 말을 더듬으면서 단둘이 이야기 좀 하자고 했습니다. 그가 나를 데리고 가려는 오솔길은 환한 햇살이 쏟아지는 정원으로 난 길이었습니다. 나는 아무 말도 못하고 자리에 앉았고, 이어 긴 침묵이 이어졌습니다. 착한 어머니 역시 입을 열지 못했습니다.

감독관은 계속 정자를 이리저리 서성이더니 갑자기 내 앞에 멈춰 서서 들고 있던 종이를 내려다보면서 물었습니다. "백작님, 백작께서는 페터 슐레밀이란 사람을 모르지 않을 겁니다." 나는 입을 다물었습니다. "탁월한 성품과 특이한 재능을 지닌 사람이지요." 그는 대답을 기다렸습니다. "내가 바로 그 사람이……" "맙소사, 그 사람은…… 그림자가 없다는데요!" 감독관이 흥분해서 소리쳤습니다. "오, 예감이 맞았어. 예감이 그랬다니까!" 미나가 소리쳤습니다. "그래요, 저는 이미 오래전에 이분한테 그림자가 없다는 것을 알았어요." 그녀는 어머니의 품에 안겼는데, 놀란 어머니는 딸을 끌어안고 그런 비밀을 숨긴 것은 끔찍한 일이라고 딸을 질책했습니다. 미나는 아레투사[39]

---

39 Arthusa. 강의 신 알페이오스에게 쫓기다가 샘의 요정이 되었음.

처럼 눈물의 샘으로 변신했습니다. 내 목소리가 들릴 때마다 더욱더 눈물을 쏟았고, 내가 가까이 다가가자 폭풍우처럼 눈물을 흘렸습니다.

"그럼 당신은······" 삼림관이 격분해서 언성을 높였습니다. "당신은 전례가 없이 뻔뻔스럽게도 내 딸, 내 아내, 그리고 나를 마음껏 속였군요. 내 딸을 저 지경으로 파멸시켜 놓고도 사랑한다는 겁니까? 울며 몸부림치는 저 아이를 보시오. 끔찍합니다, 끔찍해요!"

나는 온통 정신이 나가서 헛소리하듯 말했습니다. 결국 그림자 하나 때문에 이렇게 된 것인데, 그림자는 그림자일 뿐이며 그것 없이도 살 수 있고, 그런 문제로 이렇게 소란을 떠는 것은 어리석은 일이라고 했습니다. 하지만 내가 근거 없는 소리를 하고 있다는 것을 깨닫고 나는 입을 다물었습니다. 그는 내 말을 말같이 여기지도 않았습니다. 나는 잃어버린 것은 언젠가 다시 찾을 수도 있는 법이라고 추가로 말했습니다.

그가 나한테 화를 내면서 소리쳤습니다. "여보시오, 솔직하게 고백하시오. 어떻게 그림자를 잃어버리게 되었는지 고백하란 말입니다." 나는 다시 거짓말을 해야 했습니다. "언젠가 몸집이 큰 어떤 남자가 무식하게 내 그림자를 짓밟아서 구멍을 크게 냈습니다. 그래서 그림자를 고치라고 보냈습니다. 돈이면 안 되는 것이 없으니까요. 워낙은 어제가 돌려받기로 된 날짜입니다."

"됐습니다, 선생, 됐어요." 산림관이 대답했습니다. "선생께
서는 내 딸에게 청혼했습니다. 구혼자는 당신 말고도 많습니
다. 나는 아비로서 딸을 돌봐야 합니다. 사흘간의 말미를 주겠
으니 사흘 내에 그림자를 찾아오십시오. 사흘 안에 딱 맞는 그
림자를 가지고 내 앞에 나타나면 환영입니다. 하지만 나흘째
되는 날이 되면 내 말해 두는 바이지만 내 딸은 분명코 다른 사
람의 아내가 될 것입니다." 나는 미나에게 몇 마디 말을 건네
보려 했습니다. 하지만 그녀는 더욱 흐느끼면서 어머니에게 매
달렸고, 미나 어머니는 나에게 가라고 말없이 신호를 보냈습니
다. 나는 비틀거리면서 자리를 떴습니다. 마치 온 세상이 내 뒤
에서 문을 닫는 기분이었습니다.

나는 벤델의 애틋한 감시에서 벗어나 숲과 들판을 헤매고
다녔습니다. 이마에는 식은땀이 흘러내리고 가슴에서는 답답
한 신음소리가 새어 나오고 마음은 미쳐 날뛸 것 같았습니다.

얼마나 시간이 흘렀는지 모르겠습니다. 누군가 해가 비치는
벌판에서 내 소매를 잡아당기는 것 같았어요. 나는 멈춰 서서
주변을 둘러보았습니다. 회색 옷을 입은 그 남자였습니다. 숨
이 턱에 닿도록 나를 따라온 것 같았습니다. 곧 그가 말을 꺼냈
습니다.

"제가 오늘 나타난다고 말씀 드렸는데 당신은 기다리실 줄

을 모르시는군요. 하지만 다 괜찮습니다. 내 제안을 받아들이면 그림자를 되찾아 가실 수 있습니다. 삼림관장 댁에서 환영을 받을 것이고, 모든 일은 장난으로 끝날 것입니다. 선생을 배신하고 선생의 신부에게 청혼한 라스칼은 내가 책임지겠습니다. 그 놈은 끝장입니다."

나는 아직도 꿈꾸는 것처럼 서 있었습니다. "오늘 온다고 했나요?" 나는 다시 한 번 시간을 곰곰이 생각해 보았습니다. 그의 말이 옳았어요. 내가 계속 하루를 잘못 계산했던 것입니다. 나는 오른손으로 내 가슴에서 돈 주머니를 만졌습니다. 내 생각을 눈치채고 그가 두 걸음 물러섰습니다.

"아닙니다, 백작님. 그 주머니는 훨씬 좋은 분의 손에 있어야 합니다. 선생께서 보관하십시오." 나는 의아해하며 질문하듯 그를 바라보았습니다. 그가 계속 말하더군요. "그저 기념으로 사소한 것 하나만 부탁드리겠습니다. 이 쪽지에 서명만 하시면 됩니다." 양피지에는 이렇게 쓰여 있었습니다. "이 서명의 효력으로 영혼이 육체를 떠난 후에 내 영혼을 이 서류의 소유자에게 양도한다."

놀란 나머지 말문이 막혀서 나는 그 글과 회색 옷을 입은 미지의 남자를 번갈아 바라보았습니다. 그 사이에 그는 내 손을 나무가시로 찔러서 나오는 피 한 방울을 새로 깎은 깃펜에 묻혀서 나한테 내밀었습니다.

"당신은 누구신가요?" 마침내 내가 그에게 물었습니다. "그게 무슨 상관입니까?" 그가 대답했습니다. "나를 보고도 모르겠소? 가련한 악마, 일종의 학자이자 의사[40]입니다. 친구들한테서 뛰어난 재주를 제대로 감사받지 못한 채로 이 세상에서 약간의 실험 말고는 다른 즐거움을 모르는 사람입니다. 서명하시지요. 오른쪽 아래쪽에 '페터 슐레밀'이라고 서명하면 됩니다."

---

40 과거에 외과의사는 이발사가 겸직하기도 하였고 응급 처치를 하는, 별로 높지 않은 직업이었다. 여기서는 '돌팔이' 치료사 정도 생각하면 된다.

나는 고개를 저으며 말했습니다. "죄송합니다만, 선생. 서명하지 않겠습니다.""안 해요?" 그가 놀라 재차 물었습니다. "왜 안 하는 겁니까?"

"그림자와 영혼을 바꾸는 문제는 생각해 봐야 할 것 같습니다.""저런, 생각해 본다고요?" 그가 요란하게 웃었습니다. "좀 물어봅시다. 대체 당신의 영혼이라는 것이 무엇입니까? 그것을 본 적 있나요? 죽은 뒤 그것으로 무엇을 할 것인지 생각해 보았나요? 나같이 친절한 사람 만난 것을 다행으로 아십시오. 그 알 수 없는 재산에, 전기를 일으키는 힘인지 양극화 시키는 힘인지 알 수 없는 그 어리석은 물건에 당신 생전에 뭔가 확실한 것, 즉 생생한 그림자로 값을 매겨드리니 말입니다. 그림자를 가지면 연인의 손을 잡을 수 있고 당신의 모든 소원을 이룰 수 있습니다. 혹시 그 가련한 아가씨를 야비한 건달 라스칼에게 넘겨줄 생각은 아니겠지요? 안 됩니다. 당신 눈으로 어서 직접 한번 보십시오. 자, 여기에 몸을 감추는 투명 망토[41]를 빌려 드리겠습니다. (그는 안주머니에서 무엇인가를 꺼냈습니다.) 눈에 안 보이게 우리 같이 삼림관장 댁의 정원으로 가 봅시다."

이 남자에게 조롱당하는 것이 너무도 부끄러웠음을 고백해야겠습니다. 마음속 밑바닥에서 나는 그를 증오했습니다. 그림

---

41 〈니벨룽의 노래〉에 등장하는, 뒤집어쓰면 상대방의 눈에 보이지 않는 망토.

자를 그렇게 원하면서도 그가 원하는 서명과 바꾸지 못하도록 만드는 것은 원칙이나 고집보다 개인적 반감이라는 생각이 들었습니다. 또한 그가 제안하는 길을 내가 그와 동행한다는 생각 역시 참을 수 없었습니다. 그 흉악한 침입자, 냉소하는 요물이 나와 내 연인 사이에, 피 흘리며 찢어진 두 마음 사이에 비집고 들어와 조롱하고 있다는 생각을 하니 깊은 분노가 들끓었습니다. 나는 이미 일어난 일을 운명으로, 나의 비참함을 숙명으로 받아들이기로 작정하고 그에게 말했습니다. "선생, 나는 선생한테서 아주 특별한 주머니를 얻으려고 내 그림자를 팔았습니다. 그리고 그 일을 너무나 후회했습니다. 제발 거래를 되돌렸으면 좋겠습니다." 그는 고개를 저으며 침울한 표정을 지었습니다. 나는 말을 계속 했습니다. "어떤 대가를 치르고서 그림자를 돌려받는다고 해도, 더 이상 내가 가진 것을 팔지 않겠습니다. 서명은 하지 않습니다. 그리고 짐작하시겠지만 선생이 나에게 권하는 숨바꼭질 놀이는 나보다 선생한테 훨씬 재미있을 것 같습니다. 이만 실례하겠습니다. 내 생각은 변하지 않을 것이니 우리 이제 헤어집시다."

"슐레밀 선생. 내가 우정을 생각해서 제안한 거래를 고집스럽게 거절하시니 유감입니다. 다음번에는 내가 이번보다 더 운이 좋기 바랍니다. 조만간 다시 만나도록 하지요. 잠깐만요. 허락하신다면 보여줄게 있소이다. 나는 사들인 물건은 색이 바래

지도 않도록 소중하게 잘 보관하고 있습니다." 그는 곧 안주머니에서 내 그림자를 꺼내서 들판에 사뿐히 내려놓더니 해가 있는 방향으로 자신의 발아래에다 펼쳤습니다. 그러고 나서 그를 기다리는 두 개의 그림자, 즉 내 그림자와 자신의 그림자 사이를 오갔습니다. 내 그림자 역시 그에게 순종하면서 그의 움직임에 따라 방향을 바꾸며 순응해야만 했습니다.

정말 오랜만에 불쌍한 내 그림자를 다시 보는 순간 그림자가 그토록 모욕적인 일을 하면서 존엄성이 짓밟히는 것을 보면서 바로 저 그림자 때문에 내가 이렇게 고생을 하고 있다는 생각에 나는 가슴이 터질 것만 같았습니다. 나는 비통하게 울기 시작했습니다. 그 흉악한 놈은 나한테서 뺏은 노획물을 자랑하면서 뻔뻔스럽게도 다시 제안을 했습니다.

"돌려받으실 기회는 아직도 있습니다. 펜을 한 번만 움직이면 선생은 가엾고 불쌍한 미나를 불량배의 손에서 구출해서 추앙받는 백작님의 품에 다시 안을 수 있습니다. 이미 말했지만 그저 펜 한 번 움직이면 됩니다." 나는 다시 눈물을 쏟았습니다. 하지만 나는 등을 돌리고 그에게 어서 떠나라는 손짓을 했습니다.

너무도 걱정이 되어 내 발자취를 따라온 벤델이 그 순간에 나타났습니다. 성실하고 신앙심 깊은 벤델은 울고 있는 나를 발견하고, 내 그림자가 그 정체불명의 회색 옷을 입은 남자의 손아귀에 들어있는 것을 금방 알아차렸습니다. 그는 필요하다면 완력으로라도 내 소유물을 돌려받기로 작정했습니다. 그 연약한 물건을 어떻게 다루는지 모르는 그는 회색 옷을 입은 남자를 향해서 일단 여러 말 필요없으니 주인님의 것을 당장 돌려주라고 소리쳤습니다. 하지만 상대방은 아무 대답도 없이 순진한 청년에게서 등을 돌리고 가버렸습니다. 그러자 벤델은 들고 있던 갈매나무 막대기를 들고 그를 바짝 따라가 어서 그림자를 돌려달라고 소리치며 근육질의 팔을 휘둘렀지요. 하지만 상대는 그런 공격에 익숙한 듯 고개를 숙이고 어깨를 움츠린 채 말없이 내 그림자와 나의 충직한 하인을 끌고서 벌판으로 발걸음을 옮겼습니다. 소리가 한동안 벌판에서 약하게 들리더니 마침내 사라지고 말더군요. 예전처럼 나는 불행 한가운데에 홀로 남게 되었습니다.

6장

황량한 벌판에 혼자 남겨진 채 하염없는 눈물을 억누를 길 없어서 나는 실컷 울었고, 그러다보니 내 가련한 마음은 알 수 없는 불안한 짐에서 벗어나 어느 정도 가벼워졌습니다. 그러나 엄청난 내 불행에는 한계도 출구도 종착지도 보이지 않았습니다. 극심한 갈증 속에서 나는 정체불명의 남자가 내 상처에 부어놓은 새로운 독약을 들이켰습니다. 미나의 모습을 마음에 불러내자 앞서 내가 수모를 당하며 마지막으로 보았던 사랑스럽고 달콤한 그녀의 모습이 창백하게 눈물에 젖은 모습으로 나타났습니다. 그 순간 라스칼이 뻔뻔하고 비웃는 표정으로 나와 그녀 사이에 들어왔습니다. 나는 두 눈을 가리고 벌판으로 달아났지만 소름 끼치는 그 모습은 나를 놓아주지 않고 계속 따라왔고 결국 나는 가쁜 숨을 몰아쉬면서 주저앉아 또다시 쏟아지는 눈물로 땅을 적셨습니다.

모든 것이 그림자 한 개 때문이었습니다. 서명만 하면 그림자를 되돌려 받을 수도 있는데! 나는 그 기이한 제안과 나의 거절에 관해 생각해 보았습니다. 머리가 텅 비고, 나한테는 더 이상 판단력도 이해력도 남아 있지 않았습니다.

낮이 지나갔습니다. 나는 들판의 열매로 허기를 채우고, 근처의 냇물로 갈증을 가라 앉혔습니다. 밤이 되자 나는 나무 아래에 자리를 잡고 누웠습니다. 죽은 사람처럼 그르렁대면서 괴로운 잠을 자다가 눅눅한 아침 기운에 눈을 떴습니다. 벤델이 내 흔적을 찾지 못한 게 분명했어요. 그것을 생각하니 차라리 홀가분했습니다. 나는 사람들한테 돌아가고 싶지 않았습니다. 겁 많은 들짐승처럼 겁을 먹은 채 나는 사람들을 피해 도망쳤습니다. 그런 식으로 불안한 사흘이 지났습니다.

나흘이 되는 아침 나는 해가 내리 쬐는 모래 들판에 도착해서 햇빛을 받으면서 바위에 앉았습니다. 오랫동안 보지 못하던 해가 떠있는 풍경을 즐기고 싶어서였습니다. 그렇게 조용히 내 가슴을 절망으로 채우고 있는데 작은 소리가 들려왔어요. 나는 깜짝 놀라 도망칠 생각으로 주위를 살폈지만 아무것도 보이지 않았습니다. 그런데 햇빛이 비치는 모래 위에서 내 옆을 스쳐 가는 사람의 그림자가 보였습니다. 내 그림자와 비슷해 보이는 그 그림자는 주인한테서 떨어져 나와 혼자 돌아다니는 것처럼 보였습니다.

순간 내 안에서는 강한 충동이 일었습니다. 그림자야, 주인을 찾고 있니? 내가 네 주인이 되어 줄게. 그림자를 내 것으로 만들기 위해 나는 그림자를 따라 달렸습니다. 그림자의 자국을 밟는데 성공하면 그림자가 내 발에 달라붙고, 시간이 흐르면 나한테 익숙해 질 것으로 생각한 것입니다.

　내가 움직이자 그림자는 나한테서 달아났습니다. 가볍게 도망치는 그림자를 노리면서 나는 힘겨운 추격을 시작했고, 나 자신을 어서 이 끔직한 상황에서 구해야 한다는 생각은 나에게

그림자를 추격할 충분한 힘을 내도록 했습니다. 그림자는 좀 떨어진 숲으로 도망을 갔습니다. 숲 그늘에 들어가면 그것을 놓치기 때문에 그것을 보고 놀란 나머지 내 갈망은 달아오르고

내 발걸음은 날개를 달았습니다. 드디어 나는 눈에 띄게 그림자를 따라갔고 점점 더 가까이 가다가 거의 잡게 되었습니다. 그런데 돌연 그림자가 멈추더니 나를 향해 돌아섰습니다. 먹잇감에 달려드는 사자처럼 나는 그림자를 잡으려고 돌진했는데 뜻밖에도 육체의 저항에 강하게 부딪치게 되었습니다. 눈에 보이지는 않았지만 이제까지 누구도 느껴보지 못한 엄청나게 강한 힘이 내 옆구리를 밀쳤습니다.

놀란 나머지 나는 엉겁결에 두 팔을 미친 듯이 내밀어서 무엇인지 눈에 보이지는 않지만 앞에 서 있는 것을 힘껏 밀었습니다. 나는 급히 움직이다가 몸을 앞으로 내민 채 바닥에 넘어졌지만, 내 밑에 넘어져 누운 사람을 붙잡았을 수 있었습니다. 비로소 상대방의 모습이 드러났습니다.

이제 일은 쉽게 납득이 되었습니다. 상대방은 그것을 들고 있는 사람은 안 보이게 만들지만 그림자는 가려주지 못하는 마법의 새 둥지[42]를 들고 있다가 놓친 것입니다. 사방을 살피다가 나는 곧 새 둥지의 그림자를 발견했습니다. 벌떡 일어나 그곳으로 달려가 나는 값진 노획물을 놓치지 않았습니다. 새 둥지를 손에 넣으니 그림자 없는 내 모습도 보이지 않게 되었습니다.

---

42 샤미소의 말에 따르면 보이지 않는 이 새 둥지는 들고 있는 사람을 보이지 않게 하지만, 그림자를 없애지는 못한다. 출처로 샤미소는 그림멜스하우젠의 〈침플리치시무스〉를 들고 있다.

재빨리 일어난 그 사람은 성공한 승리자를 찾아서 둘러보았지만 태양이 비치는 넓은 벌판에서 내 그림자를 찾을 수가 없자 겁이 나서 이리저리 귀를 기울였습니다. 그럴 것이 내가 그림자가 없다는 것을 그가 알아챌 수도, 짐작할 수도 없었을 테니까요. 그는 모든 것이 흔적 없이 사라진 것을 보고 실망해서 머리를 쥐어뜯었습니다. 하지만 내가 뺏은 보물은 나에게 다시 사람들 사이에 섞일 수 있다는 희망과 욕심을 주었습니다. 그런 비열한 약탈을 자행한 나 스스로를 변명할 구실이 없진 않았지만, 그럴 필요도 없었습니다. 쓸데없는 생각은 집어치우고 나는 그 패배자를 돌아보지도 않고 서둘러 그곳을 떠났습니다. 겁에 질린 그의 목소리가 한동안 내 귀에 들렸습니다. 적어도 사건의 전말이 당시 나한테는 그렇게 생각되었습니다.

나는 어서 빨리 산림관장의 정원으로 달려가서 그 못된 인간이 나한테 들려준 소식의 진실을 직접 확인하려고 했습니다. 그런데 내가 어디에 있는 것인지 알 수가 없었습니다. 주변을 둘러보려고 가장 가까운 언덕으로 올라가 정상에서 보니 근처의 작은 도시와 삼림관장의 정원이 내 발밑에 있었습니다. 가슴이 몹시 두근거렸고 지금껏 쏟은 눈물과는 다른 종류의 눈물이 흘러 내렸습니다. 그녀를 다시 만나게 되었으니까요. 가슴 떨리는 그리움이 발걸음을 재촉했고 나는 지름길로 내려갔습니다. 보이지 않는 모습으로 나는 마을의 몇몇 농부들을 지나쳐갔습니다. 그들은 나와 라스칼, 삼림관장에 관해 이야기를 했습니다. 아무 말도 듣고 싶지 않아서 나는 서둘러 지나쳤습니다.

기대감에 온 몸을 떨면서 나는 정원에 들어섰습니다. 웃음소리 같은 것이 들려왔어요. 소름이 끼쳐서 재빨리 주위를 둘러보았지만 아무도 발견할 수 없었습니다. 계속 걸어가는데 옆에서 사람의 발자국 소리가 들리는 것 같았습니다. 하지만 아무것도 보이질 않아서 나는 잘못 들은 것이라고 생각했습니다. 아직 이른 시간이어서 페터 백작의 정자에는 아무도 없고, 정원도 텅 비어 있었습니다. 낯익은 길을 걸어서 나는 집의 건물까지 가게 되었습니다. 그런데 같은 소리가 나를 따라 오는 것이 또렷하게 들렸습니다. 불안한 마음으로 나는 해가 드는 현관 앞의 벤치에 앉았습니다. 보이지 않는 악마가 비웃으면서 내 곁에 앉는 소리가 들린 것 같았습니다. 그때 현관의 열쇠가 움직이고 문이 열리더니 삼림관장이 손에 서류를 들고 집 밖으로 나왔습니다. 머리 위로 안개 같은 것이 지나가는 느낌이 들어서 나는 주위를 둘러보았어요. 맙소사. 내 옆에 회색 옷을 입은 남자가 앉아 악마처럼 웃으면서 나를 바라보고 있었습니다! 그는 자신의 투명 망토를 내 머리까지 씌웠는데, 그의 발치에는 그의 그림자와 내 그림자가 평화롭게 나란히 놓여 있었습니다. 그는 손에 양피지를 들고 느긋하게 장난을 치고 있었습니다. 산림관장이 정자의 그늘에서 서류에 몰두해서 서성이는 동안 회색 옷을 입은 사나이는 다정하게 몸을 숙여 내 귀에다 속삭였습니다.

"이렇게 내 초대에 응해 주셨군요. 우리 둘이 같은 투명 망토 안에 있습니다. 좋아요, 아주 좋습니다. 하지만 이제 내 새 둥지를 돌려주시오. 그것이 더 이상 필요 없을 것이고, 선생은 정직한 분이니 안 돌려주실 분은 아닌 걸로 압니다. 그 물건에 대해 감사할 필요는 없습니다. 나는 진심에서 선생께 그것을 빌려 드린 것입니다." 그는 저항하지 않는 내 손에서 새 둥지를 홱 빼앗아 안주머니에다 넣더니 다시 한 번 나를 보고 웃었습니다. 그 소리가 너무 커서 소리 나는 쪽으로 삼림관장이 고개를 돌렸습니다. 나는 돌처럼 굳은 채 그 자리에 앉아 있었습니다.

"선생도 인정하시겠지만……" 회색 옷을 입은 남자가 계속 말했습니다. "이 망토가 훨씬 더 유용합니다. 망토를 쓴 사람뿐 아니라 그 사람의 그림자까지 숨겨주고, 끌어들이고 싶은 다른 사람까지도 숨겨 줍니다. 보십시오. 나는 오늘 두 명을 감추고 있습니다." 그는 다시 소리 내어 웃었습니다. "슐레밀 씨, 사람이란 원치 않는 일을 처음에는 품위를 지키면서 안 하려고 하지만, 나중에는 어쩔 수 없이 하게 된다는 것을 명심하십시오.

나는 선생이 나한테서 그 물건을 사들여 신부를 되찾을 것이라고 아직도 생각합니다. 아직 시간은 있으니까요. 우리가 라스칼 녀석을 교수대에 매답시다. 밧줄이야 얼마든지 있으니 그건 누워서 떡 먹기지요. 자, 선생에게 이 망토도 거래로 내놓겠습니다."

미나 어머니가 밖으로 나왔고 대화가 시작되었습니다. "미나는 뭘 하고 있소?" "울고 있어요." "순진한 것! 그런다고 달라지는 것도 아닌데!" "물론 달라지지 않지요. 하지만 미나를 이렇게 서둘러 다른 사람한테 주다니요! 여보, 당신은 자식한테 너무 잔인해요." "아니오, 여보. 그건 당신이 잘못 생각하는 거요. 철부지처럼 끝없이 울고 있는 그 아이가 부유하고 존경받는 사람의 아내가 된다면 악몽 같은 고통에서 깨어나 위로를 받고 하느님과 우리한테 감사할 거요. 두고 봐요." "제발 그렇게 되면 다행이지요." "물론 미나는 지금 상당한 재산을 가지고 있지. 하지만 그 사기꾼과의 불행한 사건으로 사람들의 이목을 끌었는데 라스칼 씨 말고 미나에게 그렇게 잘 어울리는 신랑감이 어디 있단 말이요! 라스칼 씨가 재산이 얼마나 많은지 알고나 있소? 그는 이곳에 6백만에 상당하는 부동산을 대부 없이 현금으로 사들였소. 그 문서가 내 손에 있어요. 내가 사려던 최상의 토지를 도처에서 미리 사들인 사람이 바로 그 사람이오. 게다가 이 가방에는 토마스 존 씨에 대한 350만 상당의 어음도 있소.""도둑질을 많이 한 모양이군요.""그게 무슨 말이오? 다른 사람이 돈을 쓸 때 현명하게 절약을 한 것이지." "하인 옷을 걸쳤던 사람이죠!""어리석은 소리! 게다가 그는 흠잡을 데 없는 그림자를 가지고 있소.""그건 맞아요. 그렇지 만……"

회색 옷을 입은 남자가 웃으며 나를 바라보았습니다. 문이 열리고 미나가 나왔습니다. 그녀는 하녀의 품에 기대 있었는 데, 아름답고 창백한 뺨에는 조용히 눈물이 흐르고 있었습니 다. 그녀가 보리수나무 아래에 의자에 앉자 아버지가 곁에 앉 더군요. 부드럽게 딸의 손을 잡더니 더욱 격하게 울기 시작한 딸에게 그가 다정하게 말했습니다.

"너는 나의 착하고 사랑스러운 딸이니 차분하게 생각하기 바란다. 오로지 네 행복만을 바라는 이 늙은 아비를 슬프게 하 지 마라. 얘야, 네가 큰 충격을 받은 것을 잘 안다. 그렇지만 너 는 기적적으로 불행에서 벗어났어! 파렴치한 사기 행각이 밝 혀지기 전에 너는 그 품위 없는 녀석을 많이 사랑했지. 그걸 알 기 때문에 그 점에 대해서 너를 비난하지는 않겠다. 사랑하는 딸아, 그를 점잖은 신사로 여길 때는 나 역시 그를 좋아했다. 하 지만 모든 것이 달라졌다는 걸 너도 알아야한다. 맙소사, 강아 지조차 그림자가 있는데 둘도 없는 내 사랑스런 딸이 그런 남 편을…… 안 된다. 더는 생각하지 마라. 미나야, 지금 어떤 사람이 너한테 청혼을 했다. 햇빛을 꺼리지 않는, 아주 품위 있는 남편감이다. 영주는 아니지만 너보다 열배나 많이, 천만금을 재산으로 가지고 있는 사람이다. 사랑스런 내 딸을 행복하게 해줄 사람이지. 아무 말 말고 내 뜻을 거역하지 마라. 착하고 순한 내 딸아. 이 아비가 너를 위로하고 네 눈물을 닦도록 해다오. 라스칼 씨의 청혼을 받아들인다고 나한테 약속해다오. 어서 말해라, 약속하지?"

그녀는 꺼져가는 목소리로 대답했습니다. "저는 아무런 생각도, 이 세상에서 더 이상 바라는 것도 없어요. 아버지 뜻대로 하세요." 그때 라스칼이 왔다는 전갈이 왔고, 그가 뻔뻔스럽게 나타났습니다. 미나는 기절해서 쓰러졌습니다. 가증스러운 나의 동반자는 화가 난 눈으로 나를 쳐다본 후 나에게 속삭였습니다. "저걸 참을 수 있습니까! 선생의 핏줄에는 피가 아닌 것이 흐르는 모양입니다." 그가 날쌘 동작으로 내 손에 가벼운 상처를 내자 피가 흘러내렸습니다. 그가 계속 말했습니다. "피 네요, 붉은 피가 흐르는군요. 자, 서명을 하시지요." 나는 양피지와 펜을 손에 들었습니다.

7장

친애하는 샤미소, 나는 당신의 판단에 나를 맡기고, 그 판단을 흐리게 할 생각은 없습니다. 나는 오래도록 스스로에게 혹독한 판결을 내렸습니다. 마음속에다 나를 괴롭히는 벌레를 기르고 있기 때문이지요. 비장한 내 인생의 순간은 줄곧 내 눈앞에서 어른거리고, 나는 절망의 눈길로 그 순간을 굴욕감과 원통한 마음으로 바라봅니다. 사랑하는 친구, 경솔하게 정도에서 벗어난 사람은 모르는 사이에 다른 길로 접어들어 계속 아래로 빠져드는 법입니다. 하늘에서 반짝이는 북극성을 쳐다봐야 아무런 소용이 없고, 다른 선택의 여지도 없습니다. 쉬지 않고 비탈길을 내려가다가 네메시스[43]에게 자신을 바치는 수밖에는 없습니다. 저주를 불러온 발걸음을 경솔하게 잘못 내딛은 후 나는 사랑 때문에 다른 사람의 운명에다 나를 밀어 넣는 죄를 범했습니다. 파멸의 씨앗을 뿌려 놓았으니 서둘러 구해야하

---

43 Nemesis 그리스 신화에 등장하는 보복의 여신.

는데, 무작정 뛰어드는 것 말고 내가 할 수 있는 것이 무엇이 있겠습니까! 마지막을 알리는 종이 울렸습니다. 내가 너무 비굴하다고 생각지 말아 주십시오. 나한테 요구된 대가를 내가 너무 지나치다고 생각했다고, 내가 내 소유물을 황금보다도 아낀다고 생각지는 마십시오. 그렇지 않습니다. 아델베르트, 내 영혼은 잘못된 길에서 매번 마주치는 그 수수께끼 같은 비열한 자에 대한 억누를 수 없는 증오로 가득했습니다. 부당한 행동인지 모르지만 어쨌든 내가 그와 함께 있다는 사실부터 나는 화가 났습니다. 내 인생에서 종종 있었고 세계의 역사에도 자주 있었던 것처럼 행위의 자리에 사건이 있었던 것입니다. 훗날 나는 내 자신과 화해를 했습니다. 우선 나는 필연을 존중하는 법을 배웠는데, 사실 일어난 행위이든 실현된 사건이든 결국은 모두 필연의 소유물이 아니면 무엇입니까! 나는 필연을 지혜로운 섭리로 받아드리는 것을 배웠습니다. 필연이 기계 전체를 작동시키고 있으며, 우리는 단지 그 기계의 톱니바퀴 속에서 함께 밀고 밀리는 톱니로 서로 맞물려 있을 뿐입니다. 반드시 일어날 일은 일어나는 법이고, 일어났어야 하는 일이 일어난 것입니다. 이런 것은 섭리의 작용이 아니면 안 되는 일이고, 나는 섭리를 숭배하는 것을 최종적으로 내 운명 속에서, 그리고 섭리가 건드린 사람들의 운명 속에서 배웠습니다.

강렬한 감정의 압박에 시달린 마음의 긴장 탓인지 과거에 익숙지 않은 굶주림으로 쇠약해진 육체의 피로 탓인지 아니면 회색 옷을 입은 괴물이 다가와 나의 온 몸에 일으킨 파괴적인 흥분 탓인지 모르겠지만 어쨌든 서명 이야기가 나온 순간 나는 실신하고 말았습니다. 한동안 나는 죽음의 팔에 안긴 듯이 누워 있었습니다.

의식이 돌아왔을 때 내 귀에 처음 들린 것은 발을 구르는 소리와 욕을 퍼붓는 소리였습니다. 눈을 떠보니 사방이 어두웠습니다. 가증스런 나의 동행자는 나를 비난하고 있었습니다. "노파처럼 이 무슨 법석입니까! 정신 차리고 결정한 일을 어서 행동으로 마무리 하시오! 혹시 생각이 달라져서 눈물을 짜는 겁니까!" 나는 누워있는 땅바닥에서 간신히 몸을 일으켜 말없이 사방을 둘러보았습니다. 어느새 저녁이 깊었는데 환하게 불을 밝힌 산림관장의 집에서는 축하연의 음악이 흘러 나왔고 서로 무리지은 사람들이 정원의 오솔길을 이리저리 거닐고 있었습니다. 한 쌍의 젊은 남녀가 정담을 나누면서 다가와서 전에 내가 앉았던 벤치에 자리를 잡았습니다. 그들은 오늘 아침에 있었던 부자 라스칼 씨와 집 주인 딸의 결혼에 관해 이야기를 주고받았습니다. 그러니까 일은 이미 끝난 것입니다.

나는 손을 들어 미지의 남자가 나한테 씌운 투명망토를 벗어버렸습니다. 그 순간 나한테서 떨어져 나가는 남자를 내버려두고 나는 조용히 덤불숲의 깊은 밤 속으로 뛰어들어 몸을 바짝 낮추고 페터 백작의 정자를 살그머니 지나 정원의 출입구 쪽으로 갔습니다. 나를 괴롭히는 악마는 눈에 보이지 않게 붙어 끈질기게 따라오면서 심한 욕을 퍼부었습니다. "그러니까 이게 내가 고생한 것에 대한 인사군요. 이렇게 뱃장도 없는 약골의 아저씨를 돌보느라고 내가 길고 긴 소중한 하루를 소비했단 말인가! 그래 나더러 연극에서 바보 역을 하라는 겁니까! 좋습니다, 고집쟁이 양반. 나를 피해 얼마든지 도망가 보시오, 그래봤자 우리는 서로 헤어질 수 없는 사이올시다. 당신은 내 황금을, 나는 당신 그림자를 가지고 있으니 이것이 우리 두 사람을 그냥 평화롭게 내버려 두지 않습니다. 도대체 그림자가 혼자서 주인을 떠났다는 얘기를 들어본 적 있나요! 당신이 그림자를 다시 순순히 받아들일 것이고, 내가 그것을 놓아줄 때까지 그림자는 나를 당신한테로 끌고 갈 겁니다. 지금은 선뜻 마음 내키지 않지만 당신은 그 일을 나중에, 지겹고 지쳐서 조만간 결국은 하고 말 겁니다. 아무도 자기 운명을 벗어나지는 못하는 법입니다." 그는 같은 어조로 말을 계속했습니다. 나는 도망치려했지만 허사였고, 그는 포기하지 않았습니다. 계속 따라오면서 비웃는 말투로 금화와 그림자 얘기를 했습니다. 나는 정신을 차릴 수가 없었습니다.

인적이 없는 길을 지나 나는 내 집 쪽으로 접어들었습니다. 집 앞에 와보니 집은 거의 알아 볼 수 없을 정도였습니다. 부서

진 창문 너머에는 불도 켜 있지 않았습니다. 문들은 닫혀 있고, 집 안에는 하인들의 기척도 없었습니다. 내 옆에서 그가 큰 소리로 웃었습니다. "그래, 그렇게 됐어. 그렇다니까. 그래도 당신의 벤델은 아마 집 안에 있을 거요. 만일에 대비해서 녹초가 된 그 자를 내가 최근에 돌려보냈으니 아마 집을 잘 지키고 있을 겁니다." 그가 또 웃었습니다. "그 사람 아마 할 얘기가 많을 겁니다. 그럼 잘 계시오. 오늘 밤 잘 지내고, 곧 다시 만납시다."

내가 초인종을 계속 누르자 불이 켜졌습니다. 누가 왔느냐고 안에서 벤델이 물었습니다. 착한 그는 내 목소리를 알아듣고 기쁨을 억누르지 못했습니다. 문이 왈칵 열리고 우리 두 사람은 울음을 터트리면서 서로 얼싸 안았습니다. 그는 달라졌고 쇠약하고 병들어 있었습니다. 나도 머리가 하얗게 세었습니다.

폐허가 된 방들을 지나 벤델은 아직 그대로 남아있는 안쪽 방으로 나를 안내했습니다. 그가 먹을 것, 마실 것을 가져오고 우리는 자리를 마주하고 앉았습니다. 그는 다시 울기 시작했습니다. 그가 들려준 이야기는 다음과 같습니다. 전에 내 그림자를 가진 회색 옷을 입은 깡마른 남자를 만났을 때 얼마나 오래, 얼마나 멀리 따라갔는지 마침내 그는 내 자취를 놓치고 지쳐서 쓰러졌답니다. 나를 찾지 못하자 그는 집으로 돌아오고 말았는데 얼마 후 라스칼의 선동으로 폭도들이 떼로 몰려와 유리창을 깨고 마구 부수었답니다. 은혜를 입은 사람을 그렇게 대접한 것이지요. 내 하인들은 뿔뿔이 흩어져 달아났습니다. 현지 경찰은 나를 의심스런 자로 추방령을 내렸고 24시간 내로 그곳을 떠나라고 했답니다. 내가 라스칼의 재산과 결혼에 관해서 알고 있는 것 외에도 벤델은 여러 가지 사실을 더 추가해서 말해주었습니다. 나를 곤란하게 만든 모든 사태를 초래한 그 악당은 애초부터 내 비밀을 알고 있던 것이 틀림없습니다. 금화에 유혹되어 그는 교묘하게 나한테 접근해서 처음부터 금화를 보관하는 장롱의 열쇠 하나를 손에 넣은 뒤 그곳을 재산 축척의 근원으로 삼아 실컷 재산을 늘린 것입니다.

이 모든 이야기를 벤델은 줄곧 눈물을 흘리면서 나한테 들려주었고, 다시 나를 만난 것과 내가 다시 그의 곁에 있다는 사실에 기쁨의 울음을 터트렸습니다. 불행이 나를 어떤 상황으로 몰고 갔는지 오랫동안 궁금해 했지만 내가 침착하고 의연하게 불행을 견디는 것을 보고 안심하고 기뻐했습니다. 이제 절망은 나의 내면에서 그런 모습을 띠게 된 것입니다. 나는 고난이 내 앞에서 크고 당당하게 꿈쩍도 않는 것을 보고 눈물을 쏟았지요. 하지만 이제 고난은 내 가슴에서 더 이상 비명을 지르지 않았고, 나는 고난에 두려움 없이 냉담하고 당당하게 맞설 수 있게 되었습니다.

"벤델, 자네는 내 운명을 알지." 내가 말을 꺼냈습니다. "나한테 이렇게 무거운 형벌이 닥친 것은 지난날의 죄과라고 할 수 있어. 자네에게는 아무 잘못이 없으니, 이제 더 이상 자네의 운명을 내 운명과 결부시키지 말게. 나는 그걸 원치 않아. 오늘 밤 안으로 떠나겠으니 말 한 필에 안장을 얹어주게나. 혼자서 떠나겠네. 자네는 남아 있게. 내 뜻이 그래. 틀림없이 여기에 금화가 몇 상자 남았을 거야. 그것은 자네가 가지도록 하게. 나는 혼자서 정처 없이 세상을 돌아다니겠네. 언제든 유쾌한 시간이 나한테 웃음을 던지고 행운이 나에게 화해의 눈길을 주면 그때마다 자네를 성실히 기억하겠네. 어렵고 고통스런 때에 나는 자네의 충직한 가슴에 기대 울었으니까."

마음은 찢어지듯 괴로웠지만 정직한 시종은 놀란 마음으로 주인의 마지막 명령을 따르는 수밖에 없었습니다. 나는 온갖 그의 간청과 반대에 귀가 먼 척, 그의 눈물에 눈이 먼 척 했습니다. 그가 말 한필을 끌고 왔습니다. 울고 있는 그를 다시 한 번 가슴에 끌어안은 뒤 나는 말안장에 올라 밤의 망토 아래에서 내 인생의 무덤을 떠났습니다. 말이 어디로 나를 데려가도 상관 없었는데, 이제 나는 이 세상에서 목적지도, 소원도, 희망도 없기 때문이었습니다.

8장

    얼마 지나지 않아 여행자 한 사람이 길동무를 하게 되었는데, 한동안 내 말의 곁에서 따라오던 그는 우리가 같은 길을 가게 되었으니 입고 있는 자기 외투를 말 엉덩이에 걸치게 해달라고 부탁했습니다. 나는 잠자코 그렇게 하도록 내버려 두었습니다. 이 가벼운 호의에 그는 가벼운 예의를 갖춰 감사를 표하더니 내 말을 칭찬하고 그것을 기회 삼아 부자들의 행복과 권력을 칭송했습니다. 그러면서 그는 알 수 없는 혼잣말에 빠져들었는데 나는 그저 그의 말을 듣고만 있었습니다.

    그는 인생과 세계에 관해 견해를 펼치더니 곧바로 형이상학으로 옮겨 갔고, 모든 수수께끼의 해답을 그 안에서 찾는 것이 이 학문의 소명이라고 말했습니다. 그러면서 이 주제에 대해 아주 분명하게 의견을 개진하였고, 이어서 그 해답으로 넘어갔습니다.

    친구, 친구도 알다시피 나는 학창시절에 철학을 좀 공부 해보다가 내가 철학적 사변에 재주가 없는 사람이라는 것을 분명히 깨달았고 그래서 이 분야를 완전히 포기하고 있었습니다. 그 이후 나는 여러 문제들을 포기한 채로 알아보거나 이해하려는 일을 접고 그 대신 친구의 충고대로 오직 내면의 소리에 귀를 기울인 채 독자적인 삶을 걸어왔습니다. 탁월한 재능을 가진 이 달변가는 단단히 지어진 건축물을 제시하고 있었는데, 그것은 자체로 기초를 갖추었고 내적 필연성에 의해 우뚝 서 있었습니다. 다만 거기에는 내가 찾으려는 것이 빠져 있어서 그것이 나한테는 완전히 가공물에 불과할 뿐으로, 우아한 완결성이나 단일성, 완성도는 단지 눈을 즐겁게 할 뿐이었습니다. 그래도 나는 말주변이 좋은 그 남자의 이야기를 기꺼이 귀담아들었습니다. 그는 나에게 슬픔을 잠시 잊고 그에게로 관심을 돌리게 했을 뿐이지만, 만약에 그가 내 이성만큼 내 영혼도 사로잡았다면 나는 그를 따랐을 것입니다.

그러는 동안 시간이 흘러 어느새 새벽 여명이 하늘을 훤히 밝혔습니다. 문득 눈을 들어서 하늘을 쳐다보는 순간 나는 소스라치게 놀랐습니다. 동쪽 하늘에 휘황찬란한 물감이 번지면서 해가 막 뜨고 있었고 사람들의 그림자가 크게 모습을 드러내는 시각인데 확 트인 그곳에는 해를 막을 보호물도 방벽도 하나도 없는 까닭이었습니다. 게다가 나는 혼자가 아니었습니다! 동행자를 힐끗 쳐다보다가 나는 기절할 정도로 깜짝 놀랐습니다. 그 사람은 바로 회색 옷을 입은 남자였습니다.

그는 놀라는 나를 보고 싱긋 웃더니 내가 입을 열 사이도 없이 계속 말을 했습니다. "세상 일이 다 그렇듯이 우리 서로 이로운 점을 이용해서 당분간 인연을 맺도록 합시다. 헤어질 시간은 언제라도 있습니다. 산맥을 따라 난 이 길로 말하자면 선생은 아직 그 생각을 못 하는 것 같은데 당신이 현명하게 선택할 수 있는 단 하나의 길입니다. 저 아래 계곡으로 내려갈 수는 없고, 아마 되돌아갈 생각도 없을 겁니다. 그런데 이 길로 말하자면 나의 길이기도 합니다. 떠오르는 해 때문에 선생께선 벌써 창백해지는군요. 동행하는 동안만 잠시 당신의 그림자를 빌려 드리겠으니 그 대신 제가 곁에 머무는 것을 허락하십시오. 이제 벤델이 없으니 내가 시중을 들어드리겠습니다. 선생이 나를 좋아하지 않는 것은 유감이지만, 그래도 선생은 나를 이용할 수 있습니다. 악마는 사람들이 생각하듯 그렇게 악하지 않습니다. 선생은 어제 나를 화나게 했고 사실 화가 났지만 나는 오늘 그 일로 앙갚음 하거나 하지는 않겠소이다. 여기까지 오는 동안 벌써 내가 선생의 지루함을 덜어 드렸습니다. 그건 인정하셔야 합니다. 자, 한번 시험 삼아 선생의 그림자를 다시 달아 보십시오."

이미 해가 떠올랐고 길에는 사람들이 우리 쪽으로 다가오고 있었습니다. 내심 거부감이 일었지만 나는 제안을 받아들였어요. 그가 빙긋 웃으며 내 그림자를 땅바닥에 스르르 펼치자 그것은 즉시 말 그림자 위에 자리를 잡고 내 옆에서 신나게 함께 따라왔습니다. 기분이 묘했습니다. 그렇게 말을 타고 내가 한 떼의 시골사람들 곁을 지나가자 그들은 부자로 보이는 나한테 정중하게 모자를 벗어 들고 길을 비켜주었습니다. 나는 계속 말을 몰며 궁금하고 두근거리는 마음으로 말 아래에 있는 그림자를 보았습니다. 워낙은 내 것인데 낯선 원수한테서 빌려온 그 그림자 말입니다.

회색 옷을 입은 남자는 내 곁에서 유유히 걸으면서 휘파람을 불었습니다. 그는 걷고 나는 말을 타고 있었습니다. 나는 망상에 사로잡혔는데, 유혹이 그만큼 컸습니다. 갑자기 나는 고삐를 당겨 박차를 가해 전 속력으로 샛길로 빠졌습니다. 그런데 그만 그림자를 데려 오는 것을 잊고 말았습니다. 그림자는 말이 방향을 바꿀 때 미끄러져 합법적인 주인을 기다리고 있었습니다. 부끄럽지만 나는 방향을 돌리는 수밖에 없었습니다. 회색 옷의 남자는 아무렇지도 않게 노래를 마치고 나를 보며 웃더니 내 그림자를 다시 제 자리에 가져다 놓은 후 내가 다시 합법적인 소유주가 되면 그림자도 나한테 달라붙어 떨어지지 않을 거라고 설교를 하더군요. 그가 계속 말했습니다. "내가 당신의 그림자를 가지고 있는 한, 당신은 도망가지 못합니다. 당신 같은 부자에게는 그림자가 필요합니다. 다른 방법은 없습니다. 단지 선생이 빨리 그 사실을 파악하지 못하는 것이 잘못입니다."

나는 같은 길로 여행을 계속했습니다. 내 곁에는 인생의 모든 안락함과 화려함이 다시 찾아왔습니다. 비록 빌린 것이긴 해도 나는 그림자가 있어서 자유롭고 가볍게 움직일 수 있었고 도처에서 돈이 가져다주는 경외심을 맛보았습니다. 하지만 마음속에서는 죽음을 느꼈습니다. 나의 이상한 동행자는 세상에서 제일 부유한 사람의 미천한 하인을 자처했는데, 고분고분할 뿐 아니라 무척 노련하고 재치가 있어 부자에게 최고 하인의 전형이었습니다. 하지만 그는 내 곁을 떠나지 않은 채 아무리 내가 자기한테서 벗어나려 해도 결국은 그림자를 건 거래를 체결할 날이 결국은 올 것이라고 거듭 장담했습니다. 그는 나에게 증오의 대상이자 동시에 짐이었습니다. 나는 그를 무서워할 수밖에 없었습니다. 나는 그에게 종속되어 있었습니다. 내가 도망쳐 나온 세상의 화려함 속으로 그는 나를 되돌려놓은 후에, 이제 나를 다시 움켜잡았습니다. 나에 관한 온갖 장광설을 나는 참고 견뎌야했고 사실 그의 말이 옳다는 생각을 하기까지 했습니다. 이 세상에서 부자 노릇을 하려면 그림자가 있어야지요. 그가 나를 다시 유혹해서 데려다 놓은 부자의 자리를 지키려면 그 답은 단 한 가지뿐이었습니다. 하지만 사랑을 잃고 내 인생의 빛이 바랜 후 나에게 한 가지는 확실했습니다. 세상의 모든 그림자를 다 준다고 해도 내 영혼을 그 자에게 양도할 생각은 없었습니다. 결과가 어떻게 될지 모를 일이니까요.

한번은 우리가 산을 지나는 여행자들이 들르는 어느 동굴 앞에 앉아 있었습니다. 깊이를 알 수 없는 곳에서 지하수 흐르는 소리가 들리고 돌을 던지면 소리만 나고 바닥에 닿지 않은 깊은 동굴이었습니다. 늘 그렇듯 회색 옷을 입은 남자는 온갖 상상력과 다채롭게 어른대는 매력을 동원해서 내가 다시 그림자를 손에 넣게 되면 돈주머니의 힘으로 이 세상에서 할 수 있는 일을 자세히 늘어놓았습니다. 나는 팔꿈치를 무릎에 괴고 얼굴을 두 손에 묻은 채 그 위선자의 말에 귀를 기울였습니다. 유혹과 강한 의지 사이에서 내 마음은 두 갈래로 찢어지는 듯 했습니다. 마음의 갈등을 더 이상 견딜 수 없자 나는 단호하게 맞서기 시작했습니다. "여보시오, 댁은 내 자유를 조금도 방해하지 않는다는 조건으로 동행을 허락받은 사실을 잊으신 것 같습니다." "명령만 하면 나는 당장에라도 떠날 몸입니다." 그는 위협에 능란한 자였습니다. 내가 입을 다물자 그는 당장에 내 그림자를 말기 시작했습니다. 얼굴이 창백해졌지만 나는 지켜보는 수밖에 도리가 없었습니다. 긴 침묵이 흘렀습니다. 이윽고 그가 먼저 입을 열었어요.

"당신은 나를 참지 못하는군요. 나를 증오하는 걸 잘 압니다. 그런데 왜 날 증오하나요? 선생은 나를 대로에서 습격해서 내 새둥지를 훔쳤습니다! 당신이 정직하게 맡겼다고 생각하는, 이제는 내 재산이 된 그림자를 도둑처럼 나한테서 빼앗으려 했습니다! 그래도 나는 적어도 그런 이유로 당신을 증오하지 않습니다. 당신이 자신의 장점과 술수, 폭력을 쓰려는 것을 나는 자연스런 일이라고 생각합니다. 당신이 원칙을 엄격하게 지키고, 정직을 어떻게 생각하는지 그런 것은 일종의 취향이니 나는 그런 것에 반대하지 않습니다. 사실상 나는 선생처럼 엄격하지 않습니다. 나는 단지 당신이 생각하는 것을 행동으로 옮길 뿐입니다. 당신의 소중한 영혼을 내 것으로 삼으려고 혹시 내가 당신의 목을 조른 적이라도 있나요? 교환한 내 돈주머니 때문에 내가 하인이라도 풀어 놓았나요? 내가 유혹한 적 있습니까!" 그의 말에 나는 대구할 말이 하나도 없었습니다. 그가 계속 말을 이어갔습니다. "이제 됐습니다. 좋습니다. 선생은 나를 역겨워하는데 나는 그것을 잘 이해할 뿐 아니라 원망도 않습니다. 우리는 헤어져야합니다. 그건 확실합니다. 당신도 이제 나한테 지루해지기 시작했으니 모욕적인 이 상황에서 벗어나도록 다시 한 번 묻겠습니다. 그림자를 사십시오." 나는 돈주머니를 내밀었습니다. "이걸로 지불하겠소." "안 됩니다." 나는 무거운 한숨을 쉬고 다시 말을 이었습니다. "좋습니다, 이제 헤어집시다. 더 이상 내 길을 방해 마시오. 우리에게 세상은 엄청 넓습니다." 그가 빙긋거리며 대답했어요. "가지요, 선생. 하지만 그에 앞서 가르쳐 드릴 것이 있습니다. 만약에 이 비천하기 짝이 없는 하인을 만나고 싶으시면 어떻게 신호를 보내야하는지 알려드리죠. 선생의 그 돈주머니를 흔들어서 영원히 줄지 않는 금화가 짤랑거리게 하면 됩니다. 그 소리가 들리면 나는 옵니다. 이 세상에서 누구나 다 자기 이익만 챙기지만, 나는 선생의 이익도 함께 챙겨 드립니다. 선생에게 나는 분명 새로운 힘을 불어넣을 겁니다. 이 돈주머니 말입니다! 그림자가 좀이 슬어서 일찌감치 사라지게 된다 해도 우리 두 사람 사이에는 강한 인연이 남아 있습니다. 선생은 계속 내 황금을 마음대로 쓸 수 있고, 이 하인에게는 멀리서도 분부만 내리시면 됩니다. 아시지만 저는 내 친구들한테 쓸모가 있음을 충분히 입증했고 특히 나는 부자들과 사이가 좋습니다. 그것은 당신도 직접 보셨습니다. 그런데 선생, 잘 들으십시오, 선생의 그림자는 단 한 가지 조건에서만 돌려받을 수 있습니다."

전에 만난 사람들의 모습이 마음속에 떠올라 나는 그에게 급히 물었습니다. "존 씨는 서명했나요?" "그렇게 좋은 친구하고는 그럴 필요가 전혀 없었지요." "그 사람 어디 있죠? 알고 싶네요!" 머뭇거리면서 그가 주머니에 손을 넣자 토마스 존 씨의 창백하고 일그러진 모습이 머리를 잡힌 채 끌려 나왔습니다. 시체의 새파란 입술이 가까스로 움직이면서 무겁게 말을 내뱉었습니다. "나는 하느님의 정당한 재판으로 심판을 받았고, 하느님의 정당한 심판으로 선고받았다." 소스라치게 놀라 짤랑대는 돈주머니를 급히 절벽 아래로 던지면서 나는 그에게 마지막 말을 던졌습니다. "이 흉악한 놈아, 하느님의 이름으로 명하니 지금 당장 꺼져라, 내 눈앞에서 사라져라!" 무시무시하게 그가 솟아오르더니 황량한 들판과 경계를 이루는 바위더미로 즉시 사라져 버렸습니다.

9장

나는 그림자도 돈도 없이 거기 앉아 있었습니다. 하지만 가슴속의 무거운 짐은 사라졌습니다. 편안했습니다. 만약 연인을 잃지 않았거나 그녀에 대한 죄책감만 없었다면 나는 아마 행복했을 겁니다. 하지만 앞으로 어떡해야 할지 막막했습니다. 나는 호주머니를 여기저기 뒤져서 남아있는 금화 몇 개를 찾아냈습니다. 그것을 세고 있는데 웃음이 나왔습니다. 내가 타고 온 말은 저 아래 여인숙에 있었지만 되돌아가기가 부끄러웠기 때문에 나는 일단 해가 질 때까지 기다려야 했습니다. 해는 아직 중천에 떠 있었습니다. 가까이 있는 나무 그늘에 누워 나는 편안하게 잠이 들었습니다.

우아한 형상들이 기분 좋은 꿈이 되어 춤추듯 나타났습니다. 머리에 화관을 쓴 미나가 내 옆을 지나쳐 가면서 나에게 다정하게 미소했습니다. 충직한 벤델 역시 화관을 쓰고 서둘러 다정한 인사를 보내면서 지나갔습니다. 그 외에도 많은 사람들을 보았습니다. 혼잡한 무리들 가운데서 샤미소 당신도 본 것 같습니다. 환한 빛이 비치고 있는데 그림자 있는 사람이 아무도 없었습니다. 더 이상한 것은 그것이 흉하게 보이지 않는 점이었습니다. 꽃과 노래, 종려나무 숲 아래의 사랑과 행복. 바람에 가볍게 나부끼며 움직이는 사랑스런 사람들을 나는 잡을 수도 그들을 부를 수도 없었습니다. 하지만 그 꿈이 좋아서 꿈에서 깨어나지 않으려고 조심한 것은 기억이 납니다. 깨어나서도 사라지는 모습들을 내 눈앞에 오랫동안 잡아두려고 나는 눈을 감고 있었습니다.

마침내 나는 눈을 떴습니다. 해는 아직도 중천에 떠 있는데 이번에는 동쪽에 떠 있었습니다. 늦잠을 잔 것입니다. 이렇게 된 것을 나는 여관으로 돌아가지 말라는 신호로 생각했습니다. 그곳에 남아있는 물건들을 잃어버린 것으로 포기하고, 운명의 손에 나를 맡긴 채 나는 울창한 산으로 이어지는 샛길로 걸어가기로 작정했습니다. 지난날을 되돌아보지 않았고 부자로 만들어 남겨두고 온 벤델에게 돌아갈 생각도 하지 않았습니다. 나는 이 세상에서 내가 짊어져야할 새로운 모습의 나 자신을 살펴보았습니다. 차림새는 아주 수수했습니다. 베를린에서부터 걸쳤던 낡은 검정 망토를 입고 있었는데 이번 여행을 하면서 어떻게 그것이 다시 내 수중에 들어왔는지 알 수 없었습니다. 그 밖에 여행용 모자를 쓰고 있었고 낡은 장화를 신고 있었습니다. 나는 일어나서 그곳에 대한 기념으로 지팡이를 깎아

들고 방랑을 시작했습니다.

숲에서 늙은 농부를 한 사람 만났는데 다정하게 인사를 하는 그와 이런저런 이야기를 나누게 되었습니다. 나는 호기심 많은 여행객처럼 우선 길을 묻고 그 다음에는 그 지역과 주민들에 관해서, 산에서 나오는 산물과 그 밖의 여러 가지에 관해 물었습니다. 그는 내 질문에 알기 쉽게, 그리고 장황하게 대답해 주었습니다. 우리는 계곡물의 하구에 이르렀는데 넓은 숲지대 너머는 황폐해 보였습니다. 마음속으로 햇빛이 환히 비치는 곳이 두려워서 나는 농부를 앞서 가게 했습니다. 하지만 그는 위험한 장소를 지나치다가 멈춰서서 그곳이 황폐해진 이야기를 해주려고 뒤를 돌아보았어요. 그러고 나서 나한테 무엇이 없는지 단박에 눈치 채고 이야기를 멈췄습니다. "어떻게 이런 일이 있습니까! 선생은 그림자가 없네요." "유감스럽게도 그렇습니다." 나는 한숨을 쉬면서 대답했습니다. "오랫동안 고약한 병에 시달리다가 머리카락과 손톱, 그리고 그림자까지 없어져 버렸습니다. 이 나이에 다시 생긴 머리카락은 전부 백발이 되었고 손톱은 아주 짧아져 버렸습니다. 그리고 그림자는 더 이상 자라질 않습니다." "원, 세상에 맙소사." 늙은 농부는 고개를 저으면서 말했습니다. "그림자가 없다니 심각합니다. 선생께서는 심각한 병에 걸렸던 모양입니다." 하지만 그는 하던 이야기를 두 번 다시 꺼내지 않았고 다음 갈림길이 나타나자 한마디 말없이 사라졌습니다. 쓰라린 눈물이 다시 뺨을 타고 흘러내렸고 평온한 즐거움도 싹 가시고 말았습니다.

슬픈 마음으로 길을 가면서 나는 다시는 길동무를 찾지 않았습니다. 해가 비치는 곳이 나타나면 내가 길을 건너는 것을 사람들 눈에 띄지 않으려고 어두운 숲 속에 숨어 몇 시간씩 앉아 있는 일도 여러 번 있었습니다. 저녁이 되자 나는 마을에서 숙소를 구하려고 했습니다. 나는 지하의 일자리를 염두에 두고 산 속의 광산을 생각하고 있었습니다. 내 상황에서는 스스로의 생계비를 벌어야하는 것 외에도 힘든 노동만이 파괴적인 생각에서 나를 지켜줄 수 있다는 생각이었습니다.

비가 오는 날씨 덕에 쉽게 길을 갈 수가 있었지만 내 장화는 엉망이 되고 말았습니다. 그 신발의 바닥은 페터 백작을 염두에 두고 만든 것으로 발로 뛰어야하는 하인용은 아니었습니다. 어느새 나는 맨발로 걷고 있었습니다. 새 장화를 사는 수밖에 없었습니다. 다음날 아침 장이 선 어느 마을에서 나는 열심히 장화를 찾아다녔습니다. 팔려고 내놓은 헌 장화와 새 장화가 좌판에 있었는데 나는 오랫동안 고르면서 흥정을 벌였습니다. 갖고 싶은 새 장화는 포기하는 수밖에 없었는데, 놀랄 만큼 비싼 가격이었으니까요. 그래서 아직 멀쩡하고 튼튼한 헌 장화로 만족하기로 했습니다. 좌판을 벌여놓은 잘 생긴 금발 소년은 현금을 얼른 챙기더니 다정하게 웃으며 좋은 여행을 하라는 인사와 함께 장화를 건네주었습니다. 나는 당장 장화를 신고 북문을 지나 마을을 떠났습니다.

나는 발밑을 내려다보지 않은 채 골똘히 생각에 잠겨 걸어 갔습니다. 내 머릿속은 저녁때까지 도착하려는 광산 생각으로 가득차 있었고, 거기서 나를 어떻게 소개해야 하는지 알 수가 없었거든요. 미처 2백 걸음도 채 걷지 않았는데 순간 나는 길에서 벗어나 있었습니다. 주위를 둘러보니 도끼 한번 닿지 않은 것 같은 황량한 전나무 원시림 안에 들어서 있었습니다. 몇 걸음 더 걸어가 보니 이끼와 바위취로 덮인 황량한 바위들이 나타났고, 그 사이에는 눈과 얼음이 깔려 있었습니다. 공기는 차가웠습니다. 돌아다보니 뒤에 있던 전나무 숲이 보이지 않았습니다. 몇 걸음 더 걸었지요. 사방에는 죽음의 고요가 덮여있었습니다. 나는 끝없이 펼쳐진 빙원에 서 있었고 짙은 안개가 무겁게 깔려 있었습니다. 지평선에는 핏빛 태양이 걸쳐 있더군요. 추위는 참을 수 없을 정도였습니다. 어찌된 영문인지 알 수가 없었습니다. 무서운 혹한이 내 발걸음을 재촉했습니다. 내가 들을 수 있는 것은 멀리서 들리는 물소리뿐이었습니다. 한 걸음 내딛자 나는 얼음이 덮인 대양의 해안에 서 있었습니다. 눈앞에는 수많은 바다표범이 소란스럽게 물속으로 뛰어들었습니다. 해안가를 따라 걸으니 헐벗은 절벽과 땅, 자작나무 숲과 전나무 숲이 보였습니다. 나는 몇 분간 앞으로 더 걸어보았습니다. 그러자 이번에는 숨이 막힐 정도로 더워졌고, 주위를 둘러보니 잘 가꿔진 논과 뽕나무 사이에 내가 서 있었습니다. 그늘에 앉아 시계를 봤더니 장터를 나선지 15분밖에 되지 않았습니다. 마치 꿈을 꾸는 것 같아서 나는 잠에서 깨어나려고 혀를 깨물어 보았는데 꿈이 아니었습니다. 나는 생각을 정리하려고 눈을 감았습니다. 콧소리를 내는 이상한 음절의 말소리가 내 앞에 들려서 나는 눈을 떴습니다. 옷차림을 보지 않아도 아시아인들의 생김새를 보니 틀림없는 중국인 두 명이었는데, 그들은 자기네 말로 나한테 일상적인 인사를 하고 있었습니다. 나는 일어나서 두 걸음 물러났습니다. 그러자 그들의 모습이 사라지고 풍경이 완전히 달라졌습니다. 논 대신 나무와 숲이 보였습니다. 주위에 자라는 나무와 풀을 눈여겨보니 그것은 내가 알기로 동남아에서 자라는 식물이었습니다. 그런데 어느 나무에 가까이 가려고 한 발자국 내딛자 모든 것이 달라졌습니다. 드디어 나는 훈련받는 신참병처럼 천천히, 그리고 침착하게 발을 내딛어 보았습니다. 놀란 내 눈앞에는 다양한 모양의 땅, 평야, 목초지, 산, 초원, 사막이 펼쳐졌습니다. 내가 7마일 장화[44]를 신고 있는 것이 확실했습니다.

---

44 한걸음에 7마일을 간다는 동화 속의 장화.

10장

말없이 경건한 마음으로 무릎을 꿇고 나는 감사의 눈물을 흘렸습니다. 내 영혼 앞에 미래가 갑자기 밝게 펼쳐진 때문입니다. 지난날의 죄 때문에 사람의 사회에서 쫓겨난 나는 그 대신 내가 항상 사랑하는 자연에 의탁하게 되었습니다. 대지는 나에게 풍족한 정원을 주었고, 연구는 내 인생의 방향과 힘이 되었으며, 자연과학은 내 인생의 목표가 되었습니다. 나 자신이 결정을 내린 것은 아니었습니다. 나는 그저 내면의 눈앞에서 밝고 완전하게 드러나는 원형을 그때부터 강한 불굴의 노력으로 묵묵히 추구했고, 구현된 것이 원형과 일치하면 만족을 얻었습니다.

벌떡 일어나서 나는 장차 내가 결실을 맺고자 하는 영역을 급히 훑어보고, 지체 없이 내 것으로 만들기로 했습니다. 나는 티베트 고원에 도달했는데 겨우 몇 시간 전에 떠올랐던 해가 여기에서는 벌써 저녁 하늘에 기울고 있었습니다. 나는 아시아를 동쪽에서 서쪽으로 이동하면서 해의 행로를 추월하여 아프리카로 들어갔습니다. 호기심을 가지고 그곳을 둘러보고 대륙 전체를 거듭 측량했습니다. 그리고 이집트에서 고대 피라미드와 사원들을 바라보았고 수백 개의 성문이 있는 테베로부터 멀지 않은 사막에서 일찍이 기독교 은둔자들이 살았던 동굴을 발견했습니다. 갑자가 나는 그곳이 내 집이라는 생각이 확실하고 분명했습니다. 나는 은밀한 동굴 중의 하나로 널찍하고 동시에 편안하면서 재칼이 접근할 수 없는 곳을 미래의 내 거처로 골라놓고, 지팡이를 짚으며 길을 떠났습니다.

나는 헤라클레스의 기둥[45]을 넘어 유럽으로 건너갔고 유럽의 남쪽과 북쪽 지방을 구경한 후에 북아시아에서 북극의 빙하지역을 지나 그린란드와 아메리카로 들어갔습니다. 그리고 아메리카 두 대륙을 정처 없이 떠돌아 다녔습니다. 남아메리카를 휩쓰는 겨울 때문에 나는 케이프 혼에서 서둘러 북쪽으로 돌아갔습니다.

동아시아에서 낮이 될 때까지 머물렀다가 잠시 휴식을 취한 뒤에 나는 방랑을 계속했습니다. 아메리카 두 대륙을 종단하면서는 지구상에서 가장 높고 험한 산맥을 지났습니다. 천천히 이 봉우리에서 저 봉우리로 조심스럽게 넘어가며 때로는 불길이 이는 화산 위를, 때로는 눈 덮인 정상을 지나갔습니다. 그

---

45 Columnae Heraculis 지브럴터 해협의 암벽을 말한다.

리고 엘리아스 산[46]에 도착해서 베링 해협을 뛰어 넘어 아시아로 넘어갔습니다. 굴곡이 심한 아시아의 서쪽 해안을 따라가면서 그곳에 있는 섬 중에 내가 들어갈 수 있는 섬이 있는지 주위 깊게 살펴보았습니다. 장화는 말라카 반도에서 나를 수마트

라, 자바, 발리, 람보크 섬으로 실어갔습니다. 나는 바다에 가득한 작은 섬들과 암초를 건너 북서쪽에 있는 보르네오와 다도해

46 알래스카와 캐나다의 경계에 위치한 성 엘리아스 산.

를 이루는 작은 섬들로 가려고 했습니다. 하지만 이 계획은 실패로 끝났고 포기할 수밖에 없었습니다. 결국 람보크 섬의 최정상에 주저앉아 남쪽과 동쪽으로 시선을 돌리고 이토록 빨리 한계에 부딪친 것이 슬퍼서 나는 마치 굳게 닫힌 감옥 창살에 매달린 사람처럼 울었습니다. 지구를 알고 태양의 작용에 따라 변하는 지표나 식물계와 동물계를 알기 위해서 반드시 필요한 뉴홀랜드,[47] 산호섬이 줄지은 남태평양은 포기할 수밖에 없었습니다. 내가 수집하고 수확하려 했던 모든 것들이 애초부터 미완성으로 끝날 저주를 받은 것 같았습니다. 오, 아델베르트, 인간의 노력은 별 소용이 없습니다.

종종 나는 남반부의 추위가 혹독한 겨울에 케이프 혼에서 출발해서 반 디메[48]와 뉴홀랜드까지 2백보에 이르는 거리를 남극 빙하를 이용해서 서쪽으로 건너보려고 했습니다. 돌아올 길은 걱정하지 않았고 이 불모의 땅이 관 뚜껑처럼 내 몸 위에서 닫힌다고 해도 괜찮았습니다. 어리석은 모험심으로 나는 추위와 바다에 도전하여 유빙 위로 필사적인 발걸음을 내딛었습니다. 헛수고였습니다, 아직도 나는 뉴홀랜드에 가보지 못했고 번번이 람보크로 돌아와 정상의 맨 꼭대기에 주저앉아 얼굴을

47　오스트레일리아의 옛 이름.

48　Land van Diemen 호주 남동쪽에 있는 섬으로 네델란드 사람 타스만이 발견하여 타스마니아로도 불린다.

남쪽과 동쪽으로 돌리고 마치 굳게 잠긴 감방 창살 앞에 갇힌 심정으로 다시 울었습니다.

드디어 나는 이곳을 떠나 슬픈 마음으로 다시 아시아 내륙 지방으로 들어갔습니다. 아침 여명을 따라가면서 서쪽 대륙을 지나 밤중에 테베에 도착해서 내 집을 찾았습니다. 이 집은 내가 전날 오후에 잠깐 들렀다가 처소로 정해 놓은 곳이었습니다. 잠시 쉬고 난 후 유럽에 낮이 오자 나는 첫 과제로 나한테 필요한 물건을 마련하기로 했습니다. 우선 나는 제동용 신발을 샀습니다. 그동안의 경험에 따르면 가까이 있는 대상을 여유 있게 조사하기 위해서는 걸음의 폭을 줄여야 하는데 그럴 때마다 장화를 벗는 것은 무척 불편했습니다. 덧신 한 켤레를 장화 위에 겹쳐 신는 것으로 내가 기대했던 효과는 완전히 달성되었고, 나중에는 심지어 두 켤레를 항상 지니고 다니게까지 되었습니다. 식물을 채집하다가 사자나 사람이나, 혹은 하이에나의 습격을 받게 되면 나는 이따금 덧신을 간수할 틈도 없이 벗어던진 채 달아나야만 했기 때문입니다. 성능이 아주 좋은 내 시계는 이동하는 짧은 시간 동안 탁월한 크로노미터[49] 역할을 했습니다. 그 밖에도 나는 육분의[50]($六分儀$) 한 개, 물리 실험기구

---

49 천문학, 물리학, 항해 등에 쓰는 정밀한 휴대용 시계.

50 항해 장비로 대양을 항해할 때 태양 · 달 · 별의 수평선상의 각도를 측정하여 천측(天測)의 위치를 구하는데 사용됨.

몇 가지와 책이 필요했습니다.

　이런 모든 것을 조달하기 위해서 나한테 유리한 안개가 여행길을 가려줄 때를 골라서 나는 두려운 마음으로 몇 차례 런던과 파리에 다녀왔습니다. 남았던 마술 금화가 바닥이 나자 대금을 지불하기 위해 나는 쉽게 찾을 수 있는 아프리카의 상아를 가져왔습니다. 물론 힘에 부치지 않게 작은 어금니를 골라야 했습니다. 얼마 안 가서 나는 필요한 물건과 장비를 모두 갖추게 되었고 즉시 재야학자로 새 인생에 발을 들여 놓았습니다.

　나는 지구 여기저기를 돌아다니면서 고지의 높이를, 때로는 흐르는 물과 공기의 온도를 측정하고 때로 동물을 관찰하거나 식물을 조사하고 적도에서 극지대로 이 세상에서 저 세상으로 바쁘게 오가면서 이쪽 경험을 저쪽 경험과 비교했습니다. 아프리카 타조 알이나 북쪽 지방의 바닷새의 알, 각종 과일, 특히 열대 야자 열매와 바나나가 내 일상 음식이었지요. 내게는 행복 대신 니코틴이 있었고, 사람들의 관심과 결속 대신 충직한 푸들의 사랑이 있었습니다. 이 개는 테베에 있는 내 동굴을 지키다가 내가 새로 발견한 보물을 짊어지고 돌아오면 펄쩍 뛰어 올랐습니다. 개는 내가 이 세상에서 혼자가 아니라는 것을, 그리고 인간임을 느끼게 만들었습니다. 새로운 모험을 겪은 뒤 나는 결국 사람들에게로 돌아가게 되었습니다.

11장

　언젠가 북극 해안에서 장화에 제동용 슬리퍼를 신고 바닷
말과 해초를 수집하고 있었는데 암벽 구석에서 뜻밖에 북극곰
한 마리가 나한테로 다가 왔습니다. 나는 슬리퍼를 벗어던지고

맞은편 섬으로 갈 생각이었는데, 그 사이에 놓인 물 위로 솟아 나온 바위가 건너는데 디딤돌이 되어 주었습니다. 그런데 그때 나는 한 발은 확실하게 바위를 딛었지만 다른 한 발은 바다에 빠지고 말았습니다. 나머지 한 발에 슬리퍼가 그냥 신겨져 있던 것을 몰랐던 때문입니다.

엄청난 추위가 엄습했고 나는 가까스로 위험에서 벗어났습니다. 발이 땅에 닿자마자 나는 햇볕에 몸을 말리려고 힘껏 리비아 사막 쪽으로 달렸습니다. 하지만 햇볕에 노출되는 순간 태양이 머리 위에서 너무 뜨겁게 내려 쬐어 나는 그만 일사병에 걸렸고 그래서 다시 북쪽으로 비틀거리며 올라갔습니다. 원기를 회복하려고 나는 정신없이 움직였습니다. 불안정하고 빠른 걸음으로 동에 번쩍 서에 번쩍 하기를 반복했습니다. 내가 있는 곳이 밤인가 하면 때로는 낮이었고, 여름인가 하면 추운 겨울이기도 했습니다.

얼마나 오래 그렇게 비틀거리면서 지구를 돌아 다녔는지 모릅니다. 혈관이 달아올랐고 의식을 잃을 것만 같아서 겁이 났습니다. 게다가 마구 달리다가 누군가의 발을 밟는 불상사까지 생겼습니다. 내 발길이 상대방을 많이 아프게 한 듯하여, 나는 강하게 한대 맞고 쓰러졌습니다.

다시 정신이 들었을 때 나는 좋은 침대에 편안히 누워 있었어요. 침대는 넓고 멋진 홀에 다른 침대들 사이에 있었습니다.

누군가 내 머리 맡에 앉아 있었고, 사람들이 이 침대에서 저 침대로 홀에서 왔다 갔다 했습니다. 그들은 내 침대 앞에 와서 나에 관해 이야기를 주고받았습니다. 하지만 그들은 나를 12번으로 불렀습니다. 내 발치의 벽에는 검은 대리석판에 금빛으로 큼지막하게 내 이름이 정확하게 쓰여 있었습니다.

페터 슐레밀

나는 똑똑히 읽을 수 있었습니다. 대리석판의 내 이름 아래에는 두 줄로 글이 더 적혀 있었습니다. 하지만 정신을 차리고 그 글을 읽기에는 너무 힘이 없어서 나는 다시 눈을 감았습니다.

페터 슐레밀이라는 말이 들렸지만 나는 그 의미를 알아들을 수 없었습니다. 친절한 어느 남자와 검은 옷을 입은 매우 아름다운 부인이 내 침대 앞에 서 있었습니다. 그 모습이 낯설지 않았지만 그들이 누구인지 알 수 없었습니다.

얼마간 시간이 흐르고 나는 다시 기운을 차렸습니다. 나는 12번으로 불렸는데, 12번은 긴 수염 때문에 유대인으로 여겨졌습니다. 하지만 그런 이유로 세심한 간호를 덜 받지는 않았습니다. 12번에게 그림자가 없다는 사실은 아직 눈에 띄지 않은 모양이었습니다. 내 장화는 내가 그곳으로 옮겨질 때 다른 소지품들과 함께 안전하게 잘 보관되어 있고 회복되면 되돌려 줄 것이라고 말해주었습니다. 내가 환자가 되어 누워있던 그 병원의 이름은 **슐레밀리움**이라는 자선병원이었어요. 매일처럼 페터 슐레밀이 언급되는 이유는 재단의 설립자이자 자선가인 그를 위해서 기도를 드리자는 권고 때문이었습니다. 내 침대 머리맡에서 본 그 착한 남자는 벤델이었고, 아름다운 부인은 미나였습니다.

나는 슐레밀리움에서 내 존재가 밝혀지지 않은 채 병세를 회복했고 더 많은 것을 알게 되었습니다. 나는 벤델의 고향에 와 있었습니다. 그곳에서 벤델은 불행한 사람들이 나를 축복해 주도록 과거에 축복받지 못했던 금화로 내 이름을 딴 병원을 설립해서 운영하고 있었습니다. 미나는 과부가 되었습니다. 불행한 형사 사건으로 라스칼은 목숨을 잃었고, 그녀는 전 재산을 잃었습니다. 그녀의 부모는 오래전에 세상을 떠났고, 미나는 이곳에서 신을 경외하는 신앙심 깊은 과부로 살면서 자선의 사명을 실천하고 있었습니다.

한번은 그녀가 12번 침대 곁에서 벤델과 이야기를 나누었습니다. "귀하신 부인께서 왜 이렇게 공기가 나쁜 이곳에 오십니까? 세상을 떠나길 바랄만큼 혹독한 운명의 시련 때문인가요?" "아닙니다, 벤델 씨. 긴 악몽을 끝내고 깨어난 이후 저는 잘 지내고 있습니다. 그때부터 저는 더 이상 죽음을 바라지도,

죽음이 두렵지도 않습니다. 그리고 즐거운 마음으로 지난 일과 앞으로의 일을 생각합니다. 당신이 지금 경건한 마음으로 당신의 주인이자 친구였던 분께 봉사하는 일도 고요한 마음의 행복이 아닌가요?" "그렇습니다, 부인. 감사한 일입니다. 지난 일은 기이한 것이었어요. 우리는 많은 행복과 쓰디 쓴 불행을 분별없이 한 잔에 넣어서 마셨습니다. 이제 그 잔은 비었습니다. 그 모든 것이 시험인 듯합니다. 이제는 현명한 통찰력으로 무장해서 진정한 시작을 기다리고 있습니다. 이 새로운 시작이 진정한 시작입니다. 과거의 요술놀이는 다시 바라지 않습니다. 그래도 전체적으로 보면 지난날은 즐거웠어요. 그리고 저는 옛 친구가 이제 그때보다 더 잘 지내고 있을 것이라고 확신합니다." "저도 그런 생각이에요." 아름다운 미나가 말했고 그들은 내 곁을 떠났습니다.

이 대화는 내게 깊은 인상을 남겼습니다. 하지만 내 존재를 알려야 할지 숨긴 채로 그곳을 떠나야 할지 갈피를 잡지 못했습니다. 그러다가 결정을 내렸습니다. 나는 종이와 연필을 부탁하고 다음과 같이 썼습니다.

당신들의 옛 친구도 전보다 잘 지내고 있고, 속죄하고 있습니다. 그건 화해의 속죄입니다.

이어서 나는 이제 많이 회복되었으니 옷을 입겠다고 말했습니다. 누군가 내 침대 옆에 있는 작은 옷장의 열쇠를 가져왔습니다. 그 속에는 내 물건들이 전부 다 들어 있었습니다. 나는 옷을 입고 검은 쿠르드카 위에다 식물채집용 통을 맸습니다. 통 속에 든 북극 바닷말을 보니 정말 기뻤습니다. 이어 장화를 신고 짧게 쓴 쪽지를 침대 위에 놓았습니다. 문을 열자마자 나는 어느새 멀리 테베를 향해 가고 있었습니다.

마지막으로 집을 떠날 때 걸었던 시리아의 해안을 따라서 걷자 나의 가엾은 피가로[51]가 오는 것이 보였습니다. 너무 긴 시간을 집에서 주인을 기다렸던 이 멋진 푸들은 주인의 흔적을 찾으려고 나선 것입니다. 나는 걸음을 멈추고 푸들을 불렀습니다. 푸들이 마구 짖으며, 천진하고 반갑고 기쁜 마음을 감동적으로, 그리고 수천 가지로 드러내며 나한테 달려 왔습니다. 나는 푸들을 껴안았습니다. 푸들이 내 걸음을 따를 수는 없으니까요. 나는 푸들을 한쪽 팔에 끼고 다시 집으로 갔습니다.

그곳에는 모든 것이 옛날 그대로였고, 기력을 점차 회복하자 나는 다시 옛 일로, 과거의 생활방식으로 돌아갔습니다. 다만 극지방의 추위는 건강에 해로워서 일 년 동안은 그곳에 가지 않았습니다.

51　실제로 샤미소가 길렀던 푸들의 이름이라고 한다.

친애하는 샤미소, 나는 오늘도 이렇게 살아가고 있습니다. 유명한 티키우스[52]의 《데 레부스 게스티스 폴리킬리》[53]를 보고 처음에는 겁을 냈지만 내 장화는 닳아 없어지지 않았습니다. 장화의 힘은 여전하지만 내 기력이 줄어들고 있습니다. 그래도 위로가 되는 것은 내가 한 가지 목적에만 그것을 사용했고, 나름대로 성과를 얻어냈다는 것입니다. 내 장화가 갈 수 있는 곳이면 어디든지 찾아가서 나는 지구에 관한 지식, 그 형태, 높이, 기온, 대기의 변화, 자력의 현상, 지구상의 생물, 식물계의 생명 현상을 나 이전의 어느 누구보다도 깊게 알게 되었습니다. 그 사실들을 나는 몇 편의 저서에 최대한 세밀하게 정리했고, 몇 편의 논문에다 나의 결론과 견해를 기술했습니다. 나는 아프리카의 내륙과 북극의 극지방, 아시아의 내륙과 그 동부 해안에 대한 지리를 확정했습니다. 나의 《히스토리아 스티르피움 플란타눔 우트리우스케 오르비스(지구 양반구(半球) 식물의 생성)》은 플로라 우니베르잘리스 테라(전 지구 식물계에 대한 대단원)의 미완성 한 부분으로, 나의 시스테나 나투라(자연 체계)에 일부입니다. 여기서 나는 밝혀진 식물의 종(種) 숫자를 3분의 1이상 늘렸을 뿐만

---

52 루드비히 티크.

53 7마일 장화 이야기는 티크의 《판타수스》(1812) 제2권에 실린 〈엄지동이 꼬마 토마스의 생애와 행적. 3막짜리 동화〉(1812)에 등장하는데 여기서는 7마일 장화가 수선할 때마다 1마일씩 성능이 줄어든다.

아니라 자연체계와 식물 지리학에도 어느 정도 기여를 했습니다. 지금 나는 파우나(동물상(動物相))에 관해 열심히 집필 중인데, 죽기 전에 원고를 베를린 대학에 기탁할 수 있기 바랍니다.

사랑하는 샤미소, 나는 당신을 이 놀라운 이야기의 보관자로 택했습니다. 내가 세상에서 사라지고 나면 내 이야기가 이 세상에 사는 이들에게 유용한 지침서로 사용되기 바랍니다. 그리고 친구, 당신이 사람들 사이에서 살려면 우선 일차적으로 그림자부터, 그 다음에 돈을 존중할 줄 알아야합니다. 하지만 당신이 자신만을 위해서, 보다 나은 자신만을 위해서 살려한다면 이런 충고는 필요가 없습니다.

아델베르트 폰 샤미소에게

요즘도 프랑스인과 독일인이 마주치면
각자 뜨거운 용기에 불타올라
용감한 칼자루에 손이 가서
사나운 불꽃처럼 싸움이 일어난다.

좀 더 높은 세상에서 우리는 만나
두 사람은 순수한 불길 속에서 정화되었다.
만세, 독실하고 성실한 내 친구여,
우리를 묶어주는 모든 것 만세!

1813년 푸케

후기

박광자

《페터 슐레밀의 기이한 이야기》는 작가이자 식물학자인 아델베르트 폰 샤미소의 1813년 작품이다. 샤미소는 원래 프랑스 샹파뉴 지방의 귀족 가문 출신으로, 부모는 대혁명을 피해 1792년에 프랑스를 떠나 네덜란드와 남부 독일의 거쳐 1796년에 베를린에 정착했다. 베를린에서 그는 위그노 교도들이 설립한 프랑스 김나지움에서 공부한 후 프로이센의 루이제 왕비의 시종이 되었다. 틸스트 평화 조약이 체결되어 가족들은 프랑스로 돌아갔지만 샤미소는 독일에 남아 자연과학을 공부했다. 문단에 등단한 그는 폰 엔제(Varnhagen von Ense)와《베를린 문학연감 Berliner Musenalmanach》을 창간했지만 정국의 불안으로 잡지는 오래 가지 못했다. 1789년부터 샤미소는 프로이센의 군대에서 복무했다. 잠시 프랑스에 머물기도 했지만 삼년간 스위스에서 식물학을 공부한 후 1812년에 베를린에 정착, 이후 자연과학 연구에 전념했다.

《페터 슐레밀의 기이한 이야기》는 1813년 여름에 친구이자 출판업자인 히치히(Julius Eduard Hitzig)의 아이들을 위해서 쓴 것이다. 당시 진행 중인 나폴레옹 전쟁에서 프랑스 출신의 샤미소가 프로이센을 위해 싸울 수는 없었다. 1815년 샤미소는 러시아 선함 루리크(Rurik)호를 타고 탐험 여행을 떠난다. 러시아의 니콜라이 루미얀체프(Nikolay Rumantsev) 백작이 후원하고 오토 폰 코체부[54](Otto von Kotzebue)가 이끄는 이 거대한 탐사여행의 기록을 샤미소는《항해일지 Tagebuch》(1821년)에 남기고 있다. 이 항해는 이른바 서북 항로를 개발하기 위한 것으로 베링 해, 남태평양, 하와이까지 이어지는 대형 프로젝트였다. 샤미소는 알래스카 해안의 식물과 에스키모인의 생활 습관에 큰 관심을 가졌다. 그는 많은 식물의 종(種)들을 발견했고, 일부는 그의 이름을 따서 샤미소니아(chamissonia) 속(屬)으로 명명되기도 했다.

귀국 후 샤미소는 히치히의 양녀인 안토니 피아스테와 결혼했고 학술원 회원으로 임명되었다. 그의 연작시〈여인의 사랑과 삶 Frauenliebe und-leben〉(1830)은 훗날 로베르트 슈만에 의해 가곡으로 완성되었다. 명예박사 학위를 받고 프러시아 왕실 식물원의 원장이 된 샤미소는 행복한 만년을 보내다가 57세의 나이로 1838년에 세상을 떠났다. 대표적인 이주민 작가라고 할 수 있는 그를 기리기 위해서 현재 샤미소 문학상(Adelbert von

---

54　극작가 August von Kotzbue의 둘째 아들로 항해가로 유명하다.

Chamisso Preis)이 독일어를 모국어로 하지 않는 작가들에게 수여되고 있다. 그가 프리메이슨 단원이었다는 사실은 확인되지 않고 있다.

《페터 슐레밀의 기이한 이야기》는 작가가 가공의 인물 페터 슐레밀에게서 받은 기록의 형식을 취하고 있다. 일인칭 고백록의 형식을 취하고 있는데, 흥미로운 것은 본문의 앞에 놓인 편지들이다. 전집[55]에는 본문 시작 전에 제1판의 출간(1813년)을 앞두고 샤미소와 출판자인 푸케가 주고받은 편지, 이어서 제2판(1827년)의 출판자인 히치히가 제1판의 출간자인 푸케에게 쓴 편지, 그리고 만년의 샤미소가(1834년) 이야기 속의 주인공 슐레밀에게 보내는 시가 첨가되어 있다. 이 편지들은 독자들에게 마치 주인공 슐레밀이 실제인물인 듯한 인상을 주고, 잠시 작가와 주인공을 혼동하게 만들기도 한다. 실제로 히치히의 편지에는 아이들이 샤미소를 슐레밀과 혼동하며 놀리는 이야기가 등장한다. 그런가 하면 본문 안에서는 슐레밀의 꿈속에 샤미소가 그의 분신으로 등장한다. 돈주머니를 내던진 슐레밀이 마지막에 자연과학자로 살아가는 모습 역시 슐레밀과 샤미소를 더욱 하나의 인물로 겹치게 만든다. 슐레밀은 샤미소의 또 다른 나, 그의 도플갱어라고 할 수 있다. 이야기는 세 개의 단계로 나누

---

55 Adelbert von Chamisso: Sämtliche Werke in zwei Bänden. Hrsg. von Werner Freudel/ Christel Laufer. Leipzig 1980.

어진다. 슐레밀이 정체불명의 남자를 만나 그림자를 파는 것, 그림자 없는 슐레밀의 고통스런 삶, 새로 시작된 슐레밀의 삶이 그것이다.

이야기는 힘든 항해 후 슐레밀이 부자 토마스 존 씨의 별장을 찾아가는 데서 시작된다. 거기서 그는 정중하지만 불길한 인상의 한 남자를 만난다. 그 회색 옷을 입은 남자가 슐레밀에게 계속 돈이 나오는 주머니와 그림자를 바꾸자고 제안하자 슐레밀은 거래에 동의한다. 하지만 이로서 슐레밀은 사회로부터 추방된다. 그림자가 없는 것을 알자 사람들은 그를 멸시하고 기피한다. 산을 넘어 피신한 그는 충직한 하인 벤델의 도움으로 불안한 삶을 이어간다. 그곳에서 아름다운 미나를 사랑하게 되지만 슐레밀은 정체가 발각 나고 사랑마저 잃게 된다. 1년 후 다시 나타난 회색 옷을 입은 남자는 그림자를 돌려받으려면 영혼을 달라고 말한다. 그는 악마로 밝혀진다.

정신을 차린 슐레밀은 돈주머니를 내버리고 고난의 삶을 선택한다. 7마일 장화를 손에 넣게 된 그는 세계를 떠돌며 식물을 채집한다. 그는 자선병원을 연 벤델과 미나를 다시 만나지만 세상과 인연을 끊고 자연과 학문의 세계로 들어간다.

돈이 무한정 나오는 주머니, 둘러쓰면 투명인간이 되는 망토, 악마와의 거래, 한 걸음에 7마일을 가는 장화, 그림자만 남기고 다 숨겨주는 마법의 새 둥지처럼 옛 이야기 속의 모티브

들이 가득한 《페터 슐레밀의 기이한 이야기》에는 독일 낭만주의 시대를 대표하는 메르헨(Märchen/ 민담/동화)과 노벨레(Novelle)라는 두 장르가 혼합되어 있다. 하지만 이 독특한 메르헨노벨레 (Märchennovelle)는 아름다운 환상의 세계를 보여주는 것이 아니라 살벌한 현대의 삶을 문제 삼는다.

여기에는 남들이 가진 것을 갖지 못하면, 즉 소유하지 못하면 존재하는 것이 아니라는 현대 사회의 인간의 모습이 그려져 있다. 토마스 존을 방문한 슐레밀은 부자들의 모임에서 그의 존재를 인정받지 못한다. 그는 존재하지만 존재하는 사람이 아니었다. 그래서 그는 선뜻 돈주머니와 그림자를 바꾸는 어리석은 행동을 하게 된다. 돈은 소유자의 사회적 척도가 된다. 몇몇 순박한 사람들한테서 동정과 놀림을 받지만 비밀을 숨긴 슐레밀은 백작의 대우를 받고 사랑도 얻는다. 하지만 그것은 잠시일 뿐, 그에게 그림자가 없다는 것이 밝혀지자 모든 것은 한순간에 무너진다. 사회 속에 속하기 위해서는 그림자 하나라도 부족해서는 안 되기 때문이다. 게다가 그의 부는 정의롭지 않은 것이었다. 회색 옷을 입은 남자는 1년 만에 나타나 스스로 악마로 정체를 밝힌다. 자랑스런 삶을 위해서는 돈도, 그림자도 모두 필요하지만 기독교 사회 속의 주인공에게 악마와의 결탁은 영원한 저주를 의미한다. 놀란 슐레밀은 돈주머니를 파기하고 참회의 여행을 나선다.

탈출구는 기적처럼 등장한다. 우연히 그의 손에 들어온 중고 장화는 슐레밀을 한 걸음에 7마일씩 지구의 곳곳으로 운반해 간다. 그는 북극에서 아시아, 아프리카까지 마음껏 돌아다니면서 식물을 채집한다. 이번에 그는 제동화를 덧신어 욕망을 절제한다. 뜻하지 않은 부상을 입지만 그는 자신이 남긴 돈으로 벤델과 미나가 세운 자선병원으로 옮겨져 치료를 받는다. 슐레밀은 식물학에서 삶의 의미를 발견하며 홀로 삶을 이어간다.

《페터 슐레밀의 기이한 이야기》는 개인과 사회와의 관계를 말한다. 돈이 없으면 존재해도 존재하는 것이 아니다. 그렇다고 돈을 위해서 인간으로서 마땅히 가져야할 것을 포기한다면? 그림자 없는 슐레밀이 말해 주듯이 그것 역시 개인을 사회로부터 추방하고 소외시킨다. 과연 우리들의 사회에서 악과 손잡지 않으면서도 동시에 남들이 부러워하는 삶을 사는 일은 가능한가? 충직한 하인 벤델은 사회적으로 유용한, 성공적인 삶을 살고 있는 것으로 보인다. 하지만 그의 활동의 근간이 되는 것도 따지고 보면 슐레밀의 부정직한 돈이라는 점을 간과해서는 안 된다. 자본주의 사회에서 정직하면서도 현실에서 성공한 삶을 사는 것, 양심을 잃지 않으면서 성공을 쟁취한다는 것은 어려운 일이다. 슐레밀은 만년에 욕망을 절제하는 7마일 장화라는 마술적인 힘의 도움으로 이것이 가능했다.《페터 슐레밀의 기이한 이야기》는 현대 사회에서 어떻게 하면 덕성을 포기하지 않으면서도 낙오되지 않은 삶을 살 수 있을까 하는 문제를 생각하도록 만든다.

샤미소의 이 작품은 과거에 소개된 적이 있지만 대부분 어린이용 도서로 각색되어서, 이번 번역은 그런 점을 보완하여 원전에 충실하고자 했다.